一朵干净的云

左利理 著

成都时代出版社
CHENGDU TIMES PRESS

图书在版编目（CIP）数据

一朵干净的云 / 左利理著 . -- 成都：成都时代出
版社，2020.9

ISBN 978-7-5464-2657-0

Ⅰ . ①一… Ⅱ . ①左… Ⅲ . ①诗集—中国—当代
Ⅳ . ① I227

中国版本图书馆 CIP 数据核字（2020）第 163664 号

一 朵 干 净 的 云

YIDUOGANJINGDEYUN

左利理 / 著

出 品 人　李若锋
责任编辑　唐莹莹
责任校对　兰晓鋬鋬
装帧设计　成都九天众和
责任印制　张　露

出版发行　成都时代出版社
电　　话　（028）86742352（编辑部）
　　　　　（028）86615250（发行部）
网　　址　www.chengdusd.com
印　　刷　北京军迪印刷有限责任公司
规　　格　168mm×240mm
印　　张　16.75
字　　数　270 千
版　　次　2020 年 9 月第 1 版
印　　次　2020 年 9 月第 1 次
书　　号　ISBN 978-7-5464-2657-0
定　　价　78.00 元

自我与时代之歌

——读左利理诗集《一朵干净的云》

熊　辉

　　山城的滚滚热浪和聒噪的蝉鸣在秋意中逐渐隐退，自由的白云点缀着高远的晴空，桂花的芬芳伴着清风扑鼻而来，空气中弥漫着秋日的凉爽气息，如此光景，甚觉尘世光芒万丈，岁月百般静好。而在此之外，则是川流不息的人群和车马喧嚣的都市，繁忙的脚步踏碎了安宁的生活，为生计而奔波劳碌的青年人如同城市闪烁的霓虹，在忽明忽暗之间，最美的人生岁月悄然流逝。站在都市的高楼上举目眺望，滚滚红尘汹涌澎湃，不禁感叹万千，没有节制和尽头的物质追求耗尽了现代人的生命，有多少人在关注自我的内在需求呢？于是，那些反观自我精神世界的诗篇就成了这个时代的奢侈品和"良药"。读左利理诗集《一朵干净的云》便会思绪难平，诗人看似在自我抒情，实则是对现实生活的症候式剖析，表达了现代人的生存境遇和所思所想。

一

　　东晋末年至南朝初期，中国社会处于急剧变革的阶段，时逢"乱世"的诗人陶渊明选择了"归隐"生活。他在《饮酒》（其五）中写道："结庐在人境，而无车马喧。问君何能尔？心远地自偏。采菊东篱下，悠然见南山。山气日夕佳，飞鸟相与还。此中有真意，欲辨已忘言。"陶渊明理想的生活环境处在"南山"下，那里没有人世的繁杂，只有让人感觉倍加幽静的鸟鸣，此中"真意"无须冗言。而在生活和社会分工越来越精细化的当下，都市人无法再回到自给自足的小农经济时代，那如左利理一样的诗人之栖居地何在？

生活在商品社会是一种幸运，我们享用着批量化生产的生活产品，获得了物欲的极大满足；但同时也是一种无奈，层出不穷的商品生产和需求吞噬了我们的精神家园，将人塑造成法兰克福学派代表阿尔都塞所谓的"单向度的人"。很显然，诗人左利理拒绝成为只顾物质享受而丧失精神批判的人，她通过诗歌创作来对抗物质对精神的排挤，在物化现实中建构自我的精神家园。行人稀少的地方、被夜色笼罩的僻径乃至思绪能够到达的"云端"等，均是诗人放飞自我、获得身心自由的场所或时间。傍晚时分，诗人散步至一片幽静的树林，尘世的喧嚣和浮躁顿时被隔离在外，前世今生的"温暖"与"忧伤"瞬间袭来，像"一片月光"让她的世界光芒万丈，"闪烁出苍茫与浩瀚"。对诗人而言，"树林"就是她精神的"故乡"，只有在如此清淡而又封闭的环境中，她的个人情感才能得以释放，从而获得身心的自由与愉悦。（《裁下天边月光，披在身上》）夜深人静的时候，是诗人屏蔽车马喧腾的热闹现实而审视自我内心的时刻，在广袤的苍穹之下，她愿意化作闪亮的"星星"，与"夜色"展开甜蜜而真诚的对话。在这首《寄给夜色的信件》中，诗人幻化为"星星"，"夜色"幻化为情人，由此展开了一场心灵与情感的对白。"夜色"在诗歌中具有双重的抒情功能，它既是诗人倾诉私语的对象，也是诗人诉说衷肠的场域。唯有面对这样的受众和这样的场景，才能使人淋漓尽致地抒发内心的情感，"低眉说着一些情话 / 心事绽放成燃烧的花朵"。幽静与夜色固然能把诗人从现实中拉进精神和情感的领地，但在月光如水的中秋之夜，诗人即便身处实际生活中，内心也会溢满甜美与柔情。望着头顶的满月，诗人一下坠入了"洁白与光亮里"，她的心思随即被月亮的光彩带走，于是甘愿把"一切都交给明月"，那些"期盼""梦想""相思""爱恋"化作"相逢的喜悦"。（《今夜，一切都交给明月》）

除逃避或"躲进小楼成一统"之外，诗人还用想象的圣境来作为灵魂的安放之地。在《我热爱这样的场景》中，左利理为读者呈现了她心目中的理想圣境，即那个由白云、柴扉小屋、竹林、鸟鸣和星光组成的场景："白云深处，柴扉掩映中 / 竹叶一半翠绿，一半墨绿／鸟鸣从遥远的风雨中传来／星光一层一层／布满我身上"。只有在这样的氛围里，清冷的月光才会变得柔美，刺骨的白雪才会散发出清茶的香气，诗人才能够借此与梅花做诚挚的情感交流；也只有在这样的意境中，诗人才会嗅闻到"一卷书香"，才会产生浪漫的想象和抒情的冲动，内心才会重新生出温润的梦想，让灵魂"在音乐的流动中，轻盈起舞"，诗人才能"向远方辽阔的风景／满心喜悦地，慢慢走去"。当然，与其说这是诗人在建构自己灵魂的居所，毋宁说是在抒发内心积郁的情感，以及再现那些在现实生活中无法企及的愿景。面对满目迷人的秋色，诗人的心思被枫叶映照成五颜六色的果实，而她的视线"总也绕不开这片枫林"，因为其情感在这片枫林中得以放飞，每一片红色的枫叶中都藏着诗人的相思和秘密，也只有"悄悄把心藏进每一片枫叶里／在月下坐定"，诗人才能"回到无限澄明的广阔世界"。（《枫林打开广阔的世界》）

诗人为什么要在远离现实的虚构之境中去建构心灵的居所呢？高楼林立和车水马龙是城市主要的风景，如黛的远山和葱郁的树林从视线里消失了；在人潮涌动的街头或车站，人们迈着疲惫而繁忙的脚步，没有闲心停下来望一望"悠然的南山"，更没有闲暇时光与高朋们"采菊品茗"；人们牵着宠物散步，或提着鸟笼晨练，但却少了"鸟叫蝉鸣"和"月上柳梢"的惬意；更不可接受的是，高高的楼房安放着我们的身体，却无法容纳我们的精神和情感，也阻止了人与人之间的"关爱"和"倾诉"。因此，诗人渴望"草木的清香"，呼唤远方"明净的蓝天"，希望"静谧的月光"笼罩在身上，这些"远去的事物"才是她"一直盼望"的简约美景。（《那些远去的事物》）当这一切都不可求的时候，诗人只能将满腹的心绪寄予幽静的树林、苍茫的夜色以及清纯的"童心"，于是就有了她立意建构心灵居所的诗篇。有时候，诗人真希望自己化作竹林里的一片竹叶，在金色阳光的照耀下，"在这翠绿的世界里，静下心来／一会儿让清爽的风陪一下／一会儿又让纯净的云朵抱一下"。（《我是竹林里的一片竹叶》）如此一来，诗人的整个身心便沉醉在翠绿的世界里，徜徉在无边的竹海深处，获得自在与逍遥的心境。

诗人海子有诗云："面朝大海，春暖花开"，这其实是在冰冷的现实中无处藏身的诗人发出的悲鸣，是她幻想的理想圣境。左利理通过诗歌建构精神家园的行为，同样表达了现代人缺乏精神维度之生活的无奈，但一切美好的诗句和虚设，都无法使现代人残缺的生活得以圆满，诗人只能发出无限的喟叹。

二

诗人在物欲横流的现实生活中找不到安身立命之所，故而将满腹思绪化为绵长的诗行，通过创作去建构或想象诗意的栖居地。但这并不表明诗人是悲观厌世的消极者，相反她更具有出世的情怀和入世的胸襟，在现实生活中保持着乐观向上的姿态。

在无尽的繁忙与焦虑中，诗人固然渴望有一方释放压力的天地，也渴望有时间静心反思自我的情感，但这并不能放缓或阻止她奋斗的脚步。有理想信念的人生才会充满朝气与活力，自怨自艾的生活只会把人卷入堕落的旋涡。因此，诗人常常从身边的小事或小景中窥见蓬勃旺盛的生命力，比如在《小溪的另一种相逢》这首诗中，她首先赞美了"小溪"的高远之志："小溪一出生就是为了等待 / 期盼汇入河流 / 融进大川"，正是这种期待"相逢"的理想让小溪有了奋斗不止的力量；故而诗人接着赞美了"小溪"的进取精神："小溪的身体沿着弯曲的河堤 / 塞满每一处缝隙，从不迟到 / 迸溅无数小水滴 / 真不知是以怎样一种速度 / 造就了大川，成就了大海"；作为一名女诗人，左利理时刻不忘保持优雅的气韵，哪怕是在忙乱的现实生活中也不例外，故而她所写的"小溪"便具有了朴实无华的"美貌"："小溪想象着落霞之外的河流 / 在一起一落间 / 埋头蕴蓄力量 / 水面荡漾出奔流的蓝色音符 / 短暂的转身是那么低调，那么优雅"。当然，恰如王国维"一切景语皆情语"所言，诗人写小溪之目的也融入了自己的情感，甚或是自我人生的写照，即生活在现实中的人，要有美好的理想、积极奋斗的精神，以及优雅从容的气质。所以，《小溪的另一种相逢》是诗人唱给自己的歌，也是一首励志之作。左利理除了以"小溪"自况之外，也以"小鸟"来言说自己对生活的热爱之情。诗人就像是高过"群峰之上"的小鸟，"一刻不停 / 一再地在云端盘旋逡巡"，如同鹰击长空般地追逐美好的未来。如此这般，"小鸟"风雨兼程地行走在理想的道路上，不在意得失，学会了面对困难：当一朵"黑色的云"扫过小鸟的翅膀时，它没有惊慌，也没有失色，反而显露出"一脸平静"，并微笑着"露出好看的舌头"；当一阵"暴雨"模糊了小鸟的双眼时，它没有因此失去前进的方向，继续努力地"睁大眼睛"，看到风雨之后的美丽彩虹；当一道道"闪电"之后传来巨大的雷声时，小鸟的耳朵遭到了意外的袭击，但它却不管那些不和谐的声音，"捂住耳朵"不受外界干扰，一直保持"奋力飞翔"的姿势。的确，人在奋斗的旅程中，需要"没日没夜"地辛勤劳作，方能在未来的某个人生转角遇见最好的自己。

左利理每天必须面对现实生活，她始终展示出毫不妥协的精神境界。有梦想的诗人从不会让自己的生活平淡乃至消沉下去，即便偶尔进入人生的冬季，她也会积聚起所有的力量，朝着梦想再次进发。在《把雪花折叠进冬天的梦里》这首诗中，诗人这样写道："在冬夜 / 收拾一地的雪花碎片 / 用声声呐喊，汇聚一种力量 / 惊醒冬眠的动物 / 划破暗夜的天空，不再沉默无语 / 把雪花，折叠进冬天的梦里"。再艰苦的日子，也会迎来春暖花开的季节，所以我们应该朝着梦想的方向不断前进。一个人的心里只有装着春天的气息，他才会张开沉重的翅膀在蓝天下飞翔，才会在苦难面前坚持歌唱，才会不懈地接近人生的目标。（《把春天装进心里》）《对着大海，我一次次呼喊》同样是一首充满正能量的诗作，诗人面对大海的时候，目光所到之处皆有催人奋进的力量或温情："东摇西晃"的海草孤苦伶仃，但它却"总想抓住自己身边的爱情"；"袒露在海边"的每一粒沙子，虽然没有明显的标记，但它"总想丰富沙滩的内容"；帮助远航的船只靠岸的"铁锚"，似乎有颗"果敢的决心"，苦苦地寻觅着"温馨恒久的港湾"；躺卧在浅滩的"礁石"，借助海浪冲刷自己的声音，提醒游人安全的距离；高高矗立在海面上的"灯塔"，在给来往的水手提供光明的同时，也证明了"自己的崇高与伟大"；那些白色的小船帆映射着霞光，如同撒落在蓝色星空下的星星"眨动小眼睛"，让人觉得岁月悠然，岂容我们虚度"美好时光"。大海展现出如此美妙的动态图景，难怪诗人面对它的时候，要"一次次呼喊 / 我想尽力调大音量 / 展现自己的勇气和力量"，她也由此获得了直面生活的勇气与奋斗的力量。

在漫长的人生道路上，要达到人生目标，除具备顽强的意志力外，还得具备优秀的个性品质。首先，当我们面对困难的时候，要用平和的心态去克服各种阻力。人的一生并非总是风平浪静，也许"不可预测的一场大雨"会在某个阳光明媚的午后不期而至，给生活带来阴霾甚或致命打击。面对这样的人生，以及突如其来的灾难，诗人就像荷叶上的露珠一样，"一直带着晶莹和透明／用温润平和"之心去面对生活。(《露珠用温润平和去遇见美好》）其次，当我们稍有成就的时候，应该保持谦卑和进取的姿态。诗人赞美"巴茅草"的"谦恭"，面对大地的滋养和秋天的气候，它"不言不语"地按照自己的方式生长，演绎成旷野里最美的风景。谦恭是我们面对生活的基本态度，唯有怀揣理想，默默耕耘而"从不抱怨"的人，才能克服一路的"风霜"，成就人生的"大我"境界。(《绵延的巴茅草》）"巴茅草"其实也是诗人的自我写照，她希望通过谦恭的态度、辛勤的劳作、平和的心态去收获人生的幸福与成就。同时，面对大千世界以及自然的伟力，诗人觉得人类更应该学会谦恭地活着。在《小草之心》这首诗中，诗人要像小草一样"小心翼翼，低到尘埃／全部的身子铺满整个大地／浑身上下，一副谦恭的表情"。虽然小草看起来"没有伟岸，也没有挺拔"，但它却蕴含着常人无法理解的"坚强"和"力量"。更让诗人为之钦佩的是，小草"将自己归依给大自然／极力不染上尘世的杂念／让自己充满安静、淡定、高远／赤裸内心／始终展现一片辽阔的绿意"。如此淡然而又内心从容、富足的"小草"，怎能不让内心充满安静、淡定和高远之志的诗人为之喝彩呢？最后，不要过于看重人生的得失，要用平淡的眼光去看待一切结果。诗人有时候希望自己像蜘蛛一样，虽然没有人懂得它的语言，但它却能在偏僻的屋檐下"耗尽最大力气"，去编织那张属于自己的"网"。诗人从中看到的不仅是蜘蛛"内心的坚韧"，而且是一种处事不惊的生活态度："蜘蛛一圈又一圈，用心编织／隔断外界的喧哗／像风一样端坐网里，看繁华落尽"。(《像风一样端坐网里的蜘蛛》）

生命不止，奋斗不息，唯有在激烈的竞争和喧嚣的语境中直面困境，方能成为生活的强者；而只有成为生活的强者，方能抽身经营精神世界，为自己赢得长足的生存空间。正所谓"仰望星空"与"脚踏实地"必须紧密结合，缺少其中某一环节，精神或肉体的栖居之所就会出现危机。

三

一个生命个体成熟的不仅在于通过奋斗获得成功，实现了自我价值，更在于经历了挫折失败或功成名就之后，能够保持一种平和的心态，对生活依然抱有热爱之情。左利理的很多诗歌给人安静、透明和洁净的感觉，她希望对世界永远保持一颗童真和善良之心，生活中永远有阳光普照。这既是诗人独特个性的塑造，又是诗人理想情怀的流露。

当我们在生活的道路上感到疲惫不堪抑或染上世故之气的时候，不妨效仿孩子的生活状态。"孩子的整个世界，就是他眼里的世界"，他们从不会隐藏心思，也没有心机去编造谎言，他们的世界美好而明澈。若干年过去了，当我们经历了生活的种种磨难或苦痛之后，或者当我们看清了生活的本来面目与人事的苍凉之后，如何能保持一颗淡雅之心呢？如果我们能够像孩子那样，简单地处理日常事务，"对就是对，错就是错"，不带任何主观的情感和价值判断，世界就会脱去"浮躁"和"世俗"的外衣，让我们始终拥有"自由的心灵"和"安静平和"的心态。成人的世界太过沉重，不要刻意地掩盖喜怒哀乐，要像孩子一样，"看见彩虹，就会高声欢呼满心欢喜"。左利理的这首《孩子的整个世界，就是他眼里的世界》很容易让人想起英国浪漫主义诗人华兹华斯的名作《每当我看见天上的彩虹》，诗人这样写道："每当我看见天上的彩虹，心就激烈地跳动。我年幼的时候如此，成年之后同样如斯，但愿老了之后也是这样。要不，就让我死去。童年，乃成年之父，希望我这一生，贯穿天然的爱与敬。"华兹华斯说看见了天上的彩虹，心就应该激烈地跳动，如果我们不再为身边的美景所惊叹的时候，我们观察生活的能力就已经锈蚀了。倘若如此，我们还不如死去，因为人活着就应该一直拥有"大然的爱与敬"。该诗有一行让人费解的诗句："儿童乃成人之父"。诗人似在说明，成人应尽量保持儿童的纯真心灵，保持儿童对自然世界富有想象力的感知，因为成人大都被纷繁的大千世界改变得世故圆滑。正是从感知真实世界的角度来讲，成人已远远落后于儿童，儿童才是成人的老师。诗人是善感的人群，一花一木都熔铸着浓情蜜意，岂能不为风雨之后的"彩虹"喝彩呢？

诗人不仅对孩子的世界充满羡慕和好奇，而且对自己早已逝去的童年生活也恋恋不忘。"松间小道""荷塘竹影""炊烟袅袅""小河里的鱼虾""山野间的小花"等等，钩织成了诗人心中依稀的童年记忆。乡村三月的微风吹醒了沉睡的大地，煦暖的阳光普照着简陋而祥和的村舍，漫山遍野的花香更是"熏醉了每个孩童的心房"；夏天的夜晚特别迷人，乘凉的人群谈论着古今的传说，外婆给她讲述着童话故事，白天掏鸟窝和捉蜻蜓的情景历历在目；装饰乡村小屋的永远是那些堆放在墙角的农具，而装饰诗人一生记忆的又永远是那些历经岁月洗礼而依然闪亮的浮光掠影。左利理在《守住童年的生活》这首诗中，最终要表达的不是浓浓的乡愁，也不是永远无法追溯的美好往昔，而是要在时间的流逝中坚守自我，"守住这份童年的纯真"，让来日的生活贯穿着"天然的爱与敬"。左利理呼唤安静的内心和简约的生活，因此她总是借助一切事物来抒发逃离现实的情感，从而回归本真的心灵。比如在《让月光的光影潜入梦里》这首诗中，诗人借助柔美的月光和雅致的桂花香气"丢掉往日的喧嚣"，"慢慢逃遁"于躁动的现实，"打开丰盈的内心/借云朵为翅膀/忘情其间，在月光里穿行"，在"霜重露冷"的日子里，"不着痕迹地收藏深邃迷人的光华"。唯有在这个时候，诗人才能让"本真的心灵，随风安静如初"，乘着理想的翅膀"翻越千年前的藩篱，进入高远的夜空"。

左利理的诗歌表达了她对纯粹和脱俗心境的追求。北宋理学家周敦颐在《爱莲说》中描写"莲"的形象和品质，赞美莲花出淤泥而不染的坚贞品格，也表现了作者洁身自爱的高尚人格，人们因此一直以莲花作为修身养性的"楷模"。左利理想在喧闹的世界里蜕变成一只蚂蚁，就算其细小的身影随时会被他人忽视，但它却能不紧不慢地生活，心里一直装着"到高处去开阔眼界"的梦想。此外，蚂蚁还可以"始终按照自己生活的方式/与大自然合为一体"，不像今天的都市人，踩着繁忙的生活节拍，不知道自己正在追求着什么，也不知道自己最终将要走向何处，有时为了俗世的物质利益而让污浊的东西沾染了自身的灵魂。为此，诗人渴望如蚂蚁一样去生活："把自己放在空旷辽阔的地带/每一个毛孔，显得那么放松/闭上眼睛，听着自己均匀的呼吸／就这样，与干干净净的万物依偎着"。诗人有一颗纯净明澈的心，因此她特别喜欢薰衣草，因为这种花"不要花枝招展，不要风情摇曳"，能够将自己"紫色的身影，变得浪漫优雅"。薰衣草能够保持自己独立的个性，从不受外界的干扰，"不在意别人的指点／也不在意他人评说／始终保持让人心动的紫色"，用"透明"和"干净"打造出"一个紫色水晶世界"。（《岁月深处的薰衣草》）

　　"云朵"是左利理诗歌中的核心意象，诗人借此表达洁身自好的个性追求和干净自在的性格塑造。"白云"在左利理的诗歌中具有丰富的内涵，它首先象征诗人纯洁透明的个性。诗人左利理创作了《在白云深处游弋》这首诗，与周敦颐以莲自喻不同，她是以"白云"自喻"纯净"而不染纤尘的个性：白云是"干干净净的"，它穿梭的天空是"空旷通透的"；白云对"世间的杂音"从不在意，它总是"高昂头颅，顶着雨水／记录自己透明的梦想"；白云从不埋怨经历的艰难困苦，它总是对大地报以"深情"的凝望，在雨雪雷电之外，保持"最真实的心跳和均匀的呼吸／还有轻盈的脚步／蔚蓝安稳的灵魂"，始终在自己的天空中"安然游弋"。诗人在作品中多次想象自己就是云朵，或者是坐在云朵之上的自在之人，如此她便可以隔着时间和空间的距离，对滚滚红尘保持冷静的观望姿态，用从容淡定的眼神来打量周遭的一切人事或得失。如果诗人是洁白干净的云朵，那她就会"没有一丝犹豫／彻底敞开一身的清澈／以纯净的本色，赋予万物以宁静"；当然，如果诗人是心怀阳光的干净的云朵，那她就会"与天空的湛蓝相得益彰／天地大美，云朵屏住呼吸／走过尘世的喧嚣／宛若虔诚的信徒／捧出内心深藏的纯净"。很显然，诗人在这首《一朵干净的云》中，仍然是在以"云朵"自喻，她多么希望自己就是一朵白云，拥有充足的阳光和平静的心态，在经历了现实生活的各种污浊和杂乱之后，还能虔诚地拥有明澈的生活理想，还能以"纯净"的心态去面对周围的一切。其次，"白云"象征诗人开朗明净的性格。诗人的心里总是充满阳光，那些阴郁的悲叹和无望的呐喊从未出现在她的诗句中，她一直都在努力地摆脱世俗生活的束缚，朝圣般地行走在完善自我和追求理想的道路上。因此，诗人会被湛蓝的天空吸引，其"干净的笑容"会瞬间抚平人们的忧伤，恰如她在《湛蓝的天空送我去远方》一诗中写道："我无比热爱透明的、纯粹的蓝天／

以及你干净的呼吸"；而从蓝天中投射下来的阳光"朗照在我的心里 / 彩霞打开我的心扉，唤醒我的灵魂 / 让我变得那么活跃 / 满世界都是你透亮的影子"。左利理在诗中主要是在建构一种"干净""透明"和"透亮"的生活或人格，正是有了这样的期待，诗人才会在身体疲惫不堪的时候，在沾染尘世的灰尘之后，仍然"一次次挣扎，一次次努力"，因为蓝天和阳光"高洁的脸庞"总是朗照着她"行走的方向"，并送诗人到达"远方"的理想之境。再次，"白云"象征诗人安静从容的性格。诗人常在月圆之夜产生辽阔无边的遐想，也常在月光中审视自我并期待未来，进而步入纯洁而理想的生活场景。"满天的月光"使诗人"心无旁骛 / 抛下内心的喧嚣 / 一只手，抓住璀璨的星星 / 另一只手，抓住干净的云朵 / 张开一双无形的羽翼 / 我十分专注地靠近月光 / 让月光穿过我的身体 / 皎洁如盘的月光 / 与渺小的我迎风而舞"（《一缕月光慢慢靠近我的灵魂》）。诗人在这节诗中虽然没有以"白云"自喻，但仍然把白云视为"干净"的事物，要么是一种生活方式，要么是一种精神情感，要么是一种理想人格；同时，诗人希望"月光穿过我的身体"，其实是期待自己的灵魂、情感或个性被像"白云"一样干净的东西洗礼一遍，让自己得以安静并从此过得轻盈自在。最后，"白云"象征诗人淡雅坚韧的个性。诗人希望自己是一朵远离尘世的白云，漂浮在蔚蓝的天空，与阳光保持最近的距离；同时也希望自己如同山野的菊花一样"淡然、清雅、幽静"，在人迹罕至的地方"静静地活出自己的模样"（《山野里的菊花模样》）。在《开花的白云》中，诗人认为白云具有笃定的思想，没有什么可以改变它的决定，就算是"狂风暴雨"和"暗夜的深渊"仍然动摇不了它求索的信念。白云如同天空绽放的花朵，又如同"种子般 / 疯狂地生长开花"，在它的内心深处从未有过阴霾，"总是装满大片大片的光亮"。

　　缘何诗人在如此多的诗篇中刻写云朵呢？这还得从云朵具有飘逸、干净、从容的个性说起，诗人的情感很容易飘上云端，与云朵一道恣意流动，从而获得自我的精神空间。就如同左利理在诗集《一朵干净的云》之后记中所说："我惊讶于云朵的干净与飘逸，那各种形态的灵动图案缀满整个天空，让人目不暇接，真想伸手摘下来捧在手心。在云朵的轻舒漫卷里，一幅幅流动的水墨画呈现在眼前，宛若在人间仙境中行走，恍惚间有一种置身云端的感觉，让你分不清哪是云朵，哪是自己。我想就这样幻化成一朵云，徜徉在云海，以一种优雅轻盈的姿势翩飞，与云朵融为一体，浑然忘我，放飞自我的心性，心里有一种难以言说的神秘气息和思绪漫溢出来，一颗心便与云朵一起飞扬。"如此一来，我们便不难理解诗人与云朵的渊源了。

左利理具有如此强烈的个性特征或塑造自我人格的愿望，那她在尘世中应该如何忠于自我、保持独特的个性呢？现实生活中随处可见随波逐流的人群，这些人往往缺乏主见，到头来成为芸芸众生中默默无闻的一员。当诗人遇见胡杨林之后，被这种植物的坚韧和卓尔不群所感染，其"耀眼的金黄"不仅"见证着岁月的沧桑"，而且还能够穿越生活的迷雾，用自己特有的光芒帮助人们擦亮"迷失的双眸／让渐行渐远的内心／回归原地"(《胡杨林只忠于自己的内心》)。在物质欲望不断膨胀的现代人心中，攀比和竞争成为生活的主色调，除了日新月异的物质产品和各种新闻不断刺激着人们不知疲倦的感官之外，没有什么能够引起他们的关注。因此，相比以往的时代，我们在今天要保持独立的个性并以自己的方式去生活，显得困难重重，也无人理解和支持。倘若一个人避开都市盲动的人群而独处一隅，或者按照自己的方式静静地生活，很快就会湮没在人海中而被遗忘。但即便如此，诗人仍然愿意做真实的自我，就像苔藓一样，静静地退缩到角落的墙壁上，"躺在潮湿的角落／深深浅浅，在暗淡的地方／低垂着翠绿的身影"。在青苔生活的"绿色世界里"，尽管没有人愿意和它说话，"没有人在意青苔是否安好"，但青苔"有一颗强大的内心"，充分享受着"大自然馈赠的礼物"，哪怕处在"潮湿地带"也会高兴得"迎风而舞"，"活出别人羡慕的模样"。(《静默的青苔》)

正因为诗人具有阳光、干净、忠于自我的个性特征，因此在她看来，世间的一切花草都焕发出理想的华彩。比如在诗人眼中，"桂花"不仅具有坚持自我个性的优点，而且始终"不卑不亢"地站在秋风里，与大自然融为一体，心中充盈着"坦坦荡荡的暗香"。这就是左利理在日常生活中做人的守则，既不随波逐流地消解个性，也不张扬激情和才干，在无人关注的地方"谦和无争／散发独特干净的香气"。(《桂花慢慢呈现的暗香》)

四

在自我之外，诗人对世界的关注和打量同样充满了人文情怀，尤其是对城市生活中的底层人物更是投注了滚烫的情感，从而让自己的诗歌散发出温暖的色彩。每个人都应该是值得尊重的个体，每种职业都是我们生活之网的必要结点，因此，我们应该善待周边的人或事，用充满关爱的眼神去打量周遭的一切，而不应该带着人为的偏见。

教师在我们这个时代获得了极大的尊重，但他们却是最繁忙和最辛苦的人群，人们常将教师比作人类文明的工程师，将教师的奉献精神比作默默燃烧自己而照亮他人的蜡烛。但在左利理的诗歌中，教师除了具有传授知识的职责和无私奉献的美德之外，还对塑造孩子的身心健康起着关键作用，让孩子们养成坚韧向上的积极生活态度，"造就高尚人格/成就每个孩子不同的幸福模样"（《成就孩子幸福模样的教师》）。随着中国经济建设脚步的加快，以及物质生活的逐渐丰富，加上网络游戏和八卦新闻的泛滥，读书逐渐远离了人们的日常生活。世界上每年人均读书量最高的是犹太人，可达 65 本之多；而中国人的读书量则是每年人均 4.5 本，如果除去众多的教科书和教辅书，真正的阅读量会更低。细心观察我们身边的人，除了教师之外，有多少人在有意识地买书和订阅杂志？因此，左利理认为图书管理员是值得赞颂的，与过度的物质追求相比，他们"经年累月，守护在图书馆的每一个角落/一张脸洋溢干净的微笑/一双手散发书香气息"。"干净的微笑"与"书香气息"是我们这个时代最缺乏的东西，图书管理员以此"让读者的灵魂得到洗礼"，让读者的品格"得到重塑"。图书管理员把书籍摆放得整整齐齐，把书桌和窗户打扫得干干净净，让读者在愉快的环境中专心读书，让"诗书的芳香"成为安放读者灵魂的栖居场所。（《积攒芳香的图书管理员》）

在中国高速城市化的进程中，正是农民工辛勤的劳动让一幢幢大楼拔地而起，让一条条高速公路和高速铁路四通八达，然而又有多少人理解他们辛苦工作背后的辛酸呢？左利理以城市里的搬运工为例，形象刻画了他们超负荷的工作场面："大山一样的重物，压在搬运工身上／整个人艰难地，高一脚低一脚"，但是他们不得不负重前行，"龇牙咧嘴／一颗颗汗珠，顺着脸颊流淌"。诗人理解每个搬运工生活的艰难，他们是家里的支柱和希望，决不能停下沉重的脚步，也决不能倒下："家里的父母看病要钱／孩子上学盼着买新衣"。因此，在诗人看来，搬运工搬运的已经不单是沉重的货物，而是更为艰难的"责任"和"希望"。读着这样的诗篇，我们会不自觉地潸然泪下，而诗人内心的起伏和对底层人的观照之情也溢满诗行。（《搬运时光的搬运工》）除了搬运工，在城市建设中贡献大的还有建筑工人。读《建筑工人的臆想》这首诗，很容易让人想起宋代诗人张俞的五言绝句《蚕妇》中的诗行："昨日入城市，归来泪满巾。遍身罗绮者，不是养蚕人。"但与此不同的是，左利理诗歌中的建筑工人免去了"蚕妇"悲伤的心情，他们怀着自己的梦想在城市里忙碌：首先，建筑工人在工地收获了爱情："与扎钢筋的姑娘相识／在简陋的出租屋举行婚礼／你用粗糙的双手、结实的臂膀／践行你的爱情誓言"，他们的辛苦工作能够换取美好的爱情和未来生活。其次，建筑工人看到城市容颜的变化而感到欣慰，他们希望有人快乐地享用其修建的房子。从这个意义上讲，左利理诗歌中的建筑工人有朴实无华的勤劳美德，他们没有攀比心理，而是从自己的生活现实出发，通过勤劳的双手去争取幸福生活。

水管安装工也是城市里的蓝领工人，左利理的诗歌《水管安装工的世界》中的水管安装工人"愉快劳作的身影"投射到墙壁上，他们戴着帆布手套，在楼道间穿梭忙碌，其青春便在劳动中焕发出华彩。安装工人们相信，只要凭借勤劳的双手，"丰盈的梦想"便会呼之欲出，生活就会过得充实而有希望。每当清晨我们踏着朝阳的柔光去上班的时候，行走在城市整洁卫生的街道上，顿觉神清气爽。城市清洁工也是很容易被人遗忘的人群，他们往往凌晨起床，在人们还没有出门的时候就已经清扫好了街道，替人们"左手扫掉黑夜残留的气息／右手迎接黎明微露的芳香"。清洁工过着简朴的生活，"虽然卑微但是踏实／一直在生活低处"，但却"扫出一片片干净的领地"。

（《一名清洁工的行走》）在此，"干净的领地"具有两层含义，一是清洁工打扫干净的街道或广场，二是他们内心保持着勤劳、善良的"干净"品行。

除以上提及的农民工之外，诗人还被修鞋工的生活态度所打动。"专注而安静"的修鞋工的双手"长满老茧"，在缝缝补补中度过了"一个又一个岁月"，他们是城市里"不起眼的角色"，虽然没有"健壮的体魄"，甚至连自己的生活都不能改变，但却从不好高骛远，"一直踏实地前行"（《一缕阳光照在修鞋工的脸上》）。诗人赞美修鞋工的这种个性，那便是不求富贵腾达，但求心底踏实无愧。"月嫂"是城市里的新兴职业，帮着别人抚养小孩儿的工作十分辛苦，尤其得不到充分的休息，但她们也是有梦想的人群。面对婴儿的时候，月嫂的目光是和蔼可亲的；面对生活磨难时，月嫂的目光是坚韧而充满期待的。她们通过自己亲切的微笑和细致周到的工作，"伴着婴儿的成长／月嫂收获着一片透明的希望"（《月嫂的目光》）。护士用"满脸蕴含的阳光气息"给病人带来慰藉，不仅书写了一段"闪亮的青春华年"，而且重新定义了"青春的真正内涵"（《护士定义的青春内涵》）。餐馆里的厨师每天呆在狭小的厨房里，方寸之间似乎难以见出其伟大的理想和抱负，但他们从"带露的黎明"一直工作到傍晚，用自己的厨艺装点着人们的生活，人世间的"酸甜苦辣"消融在顾客满足的神情中（《厨师的终极梦想》）。此外，诗人也赞美了在乡下从事传统农业生产的农民。中国自古是一个农业大国，农民将"土地"视为毕生最珍贵的财富，土地是他们的安生立命之所。《农民想把自己安放在辽阔的田野》这首诗中，诗人刻画了农民勤劳的形象："汗水挥洒在山坡间／坚实的脚印／镌刻在田坎上"；绿油油的庄稼是他们此生见过的最美风景，而他们辛苦的劳作随着秋天的到来化为丰收的喜悦，"农民无可救药地／想把自己／安放在辽阔的田野"。

左利理的诗歌情感内涵是丰富的，我们很难对之加以全面而完整的概括。在此需要特别指出的是，左利理的诗歌创作具有非常重要的时代意义和现实价值，即在繁忙的日常生活中，我们除了满足维持生命的必需品之外，还应该抽身出来想想内心和情感的需求；在匆匆赶路的同时，不要忽视路边的风景，如此方能不负短暂的人生旅途。

　　熊辉，文学博士，教授，博士生导师，主要从事翻译文学及中外诗歌关系研究，兼事诗歌评论。先后独立出版学术专著 8 部，发表学术论文 120 多篇。入选教育部新世纪优秀人才、中美富布莱特研究学者、重庆市学术技术带头人、重庆市高等学校青年骨干教师等；曾担任韩国东亚大学和韩东大学访问教授、美国康奈尔大学访问学者；现任中国闻一多研究会副会长、中国现代文学馆客座研究员、重庆市重点文科研究基地"中国诗学研究中心"主任、西南大学校学术委员会委员等。

目录

第一辑　我热爱这样的场景

第二辑　胡杨林只忠于自己的内心

第三辑　农民要把自己安放在辽阔的田野

第四辑　让霜降的心，停靠在多彩的画布

第五辑　看见牡丹就是看见整个春天

第六辑　芬芳在春光的翅膀中延伸

第七辑　在桂花的暗香里遇见自己

我热爱这样的场景

裁下天边月光，披在身上

在秋天的这片开阔树林
藏着无数神秘的光亮

仿佛我的前世和今生都在这里
有温暖、有忧伤、有鸟鸣

每当我靠近这片树林
我就找到从前熟悉的呼吸

小路上湿漉漉的露珠
犹如闪光的星星

回到这里，就是回到我的故乡
一颗心瞬间飞上树梢

月光显露出光线的源头
环绕在树林周围，一身光芒

一片月光照亮另一片月光，覆盖四野
朦胧间，闪烁出苍茫与浩瀚

多想伸手裁下天边的月光
披在身上

小溪的另一种相逢

小溪一出生就是为了等待
期盼汇入河流
融进大川

当它转弯的时刻
小溪的周围泛起跳动的水花
清澈透明的水花肩并肩，手拉手
一朵水花，撞击另一朵水花
一直随风缓慢流动

小溪在这片田野独自流淌
好想抓住呼啸的风
多想慢点，再慢点
看看眼前熟悉的青草地

小溪的身体沿着弯曲的河堤
塞满每一处缝隙，从不识到
迸溅无数小水滴
真不知是以怎样一种速度
造就了大川，成就了大海

小溪想象着落霞之外的河流
在一起一落间

埋头蕴蓄力量

水面荡漾出奔流的蓝色音符

短暂的转身是那么低调，那么优雅

在小溪低头和抬头的瞬间

收藏好沿途的风景

随时保持轻柔沉静的态势

发出奔流的声音

小溪有着太多太多的期待

为了遥远的另一种相逢

迎着朝霞，无声涌动

一直进入蔚蓝的开阔地带

吹落在时光里的思念

你一动不动
在风里，伸长脖颈
以完美的姿势，张望思念

其实，没人知道你在思念什么
为什么思念
可是你不在乎别人的眼光
一直坚持思念的姿态

那一弯月牙，藏满太多浪漫
盛开的花瓣，是你灼热的想念
花香的梦，溢满跳动的心房

你矢志不渝地在高处期待
爱的路径，有令人眩晕的战栗
深入云朵的每一个细节
暗香般渗入大脑

余下的光阴
让彼此开成岁月的花朵
洒满血液和骨头

桂溪河一直在这儿流淌
站在这里，生动整条河流
把名字织进彼此的思念里
让等待的身体熠熠闪光

对着大海，我一次次呼喊

一阵海风
从隐藏的彼岸吹来
吹进大海的领地

波浪一翻身，翻卷起无数浪花
浪花一挥手，形成一个个漩涡

一株海草，东摇西晃
总想抓住自己身边的爱情

沙子没有标记，袒露在海边
总想丰富沙滩的内容

铁锚立场坚定
带着果敢的决心
找寻温馨恒久的港湾

礁石标新立异，和盘托出
借助波浪撞击的声音
告诉别人要尽快远离自己

高高的灯塔，伫立在无垠海面上
始终不忘给别人一点光芒
证明自己的崇高与伟大

点点帆影，眨动小眼睛
左顾清风，右盼明月
不想虚度自己的美好时光

对着大海，我一次次呼喊
我想尽力调大音量
展现自己的勇气和力量

高过云端的鸟鸣

小鸟在群峰之上，仰望天空
一刻不停
一再地在云端盘旋逡巡

一朵黑色的云，扫过小鸟的翅膀
小鸟一脸平静
露出好看的舌头

一阵暴雨，迷糊了小鸟的双眼
小鸟拂去雨水
持续用力，努力睁大眼睛

一道闪电，雷声接踵而至
小鸟的耳膜，遭受巨大的冲击
小鸟用力捂住耳朵，奋力飞翔

小鸟没日没夜，刷亮自己的翅膀
始终保持飞翔的状态
用高过云端的鸟鸣，遇见未来

寄给夜色的信件

星星像一串串露珠，挂在夜空
穿越漫漫长夜
一颗心敞开着
给夜色深情热烈的表白

夜色面对突然而至的表露
停下脚步
向左望望又向右瞧瞧
脸红心跳地颤动了一下

星星站在夜空的一隅
希望自己的光辉，能够打动夜色
终日踮着脚尖
保持与夜色对望的姿势

阵阵晚风，吹动树梢
夜色留意着
来来往往的每一个细节
时不时凝望星星

透明的星星屏住呼吸，轻轻靠近

在夜幕的遮掩下

低眉说着一些情话

心事绽放成燃烧的花朵

夜色头顶蔚蓝的苍穹

难以抹去星星的影子

星星一浪高过一浪的光亮

在暗夜里生长出光芒

流连于誓言和幸福之间

大红的花朵、雅致的饰品
布满整个婚礼殿堂
五颜六色的糖果，眨动迷人的眼睛
招呼前来的客人

喜庆的音乐，灌满每一个人的耳朵
梦幻的灯光，像无数对翅膀闪烁跳跃
呐喊声、欢呼声、祝福声和着掌声
荡漾在婚礼华堂的上空
喜庆的氛围逐一呈现

每一个角落
除了欢呼还是欢呼
红色的地毯，顺着光线
把一对新人引进人生的舞台

行大礼，迎大喜
一根红绳，白首同心
处处涌动扑面的喜悦
持续的祝福，迎来花红果硕
一对新人的身体
一半填满誓言
一半填满幸福

今夜，一切都交给明月

一轮圆月落进我的眼里
我掉进洁白与光亮里

今夜，一切都交给明月
我的期盼、我的梦想
等待和你遇见
我的相思、我的爱恋
等候月亮的圆满

糍粑将我们的爱意紧紧包裹
咬着月饼，恰似咬着甜蜜的诺言
桂花酒的芳香陶醉一片芳心
嫦娥的衣袂舞出我们圆圆的期待

不知是我温暖了明月
还是明月照亮了我
清风雨露相逢的喜悦
晕染出内心化不掉的爱恋

风里雨里，赶往回家的路

云一低再低，天一黑再黑

呼啸的十一级狂风

肆意吞噬着这个下午

不知从何而来的风，汹涌而至

突然吵醒这个夏天

让你猝不及防

回家路上，一头秀发被扯乱

裙裾大幅度飘起来

四周被惊吓的物件，四处翻飞飘移

大风迷了双眼

完全听凭瓢泼的雨水

倾泻到全身上下

我高一脚低一脚，怎么也走不快

踩着碎步，仿佛全身被撕成碎片

那拦不住的大风

要一层一层围抱我

有泛滥的雨水要砸向我

直至漫过周身的肌肤

回家的路本来不远

而今天，显得尤其漫长

渺小无助的我

悬着一颗脆弱的心

使劲攥紧拳头

踉跄着脚步

风里雨里，在回家的路上

我听见我在大声呼喊

我用意志和力量，告诉自己

快走，快跑

赶快回到自己的家

那里就是可以遮风挡雨的地方

孩子的整个世界，就是他眼里的世界

孩子的世界里没有作秀，没有欲望

孩子童真的世界里

藏着本能的快乐追求

清澈的眼眸一览无遗

对就是对，错就是错

他的眼里，就是简单的世界

孩子的世界里没有浮躁，没有世俗

孩子只关心自己喜欢的事物

醒来后的明天，还是新的一天

干净自由的心灵，穿过人海

安静平和地覆盖生长的万物

他的眼里，就是美好的世界

孩子的世界里只有简单，只有美好

没有什么能够阻挡

孩子对自然的美好认识

看见彩虹，就会高声欢呼满心欢喜

夜空中的每一颗星星

都藏着孩子心里的美好愿望

孩子的整个世界，就是他眼里的世界

美好的晨光照耀我的心灵

这个清晨

我安坐在一片曙光中

感受黎明的安静

缭绕的晨雾，一层又一层

包裹在我周围

顷刻间

奔跑的羊群，一起奔向湿漉漉的草地

成千上万的鸟儿，涌进小树林

清点好人数后

开始了集体大合唱

一颗柔软的心

在一片空旷之地

撞见温暖的霞光

这时万物寂静

只觉有风从耳边吹来

踩着满地落叶

我把关于描绘晨光的词语，搬出来

看见远方若隐若现

美轮美奂

我开始喜欢这样的早晨

我迷恋这样的晨光

一寸一寸的心

在这个清晨

闪烁着光辉

照亮一程又一程的山水情怀

那些远去的事物

城市里高楼林立、车水马龙

这里没有如黛的远山

没有郁郁葱葱的树林

城市里人潮拥挤、节奏加快

这里没有悠然的南山

没有闲暇采菊品茗

城市里养着各种宠物

这里没有鸟叫蝉鸣

没有月上柳梢的惬意

厚厚的玻璃挡住视线

高高的楼房，隔断彼此的关爱

网络交织覆盖，让人们少了倾诉

那些远去的事物是可以忘却的

经典的歌声，早已深入骨髓

有些记忆是值得铭记的

草木的清香是最好的诠释

远方呼唤明净的蓝天

静谧的月光，一直盼望简约的内心

让月光的光影潜入梦里

在一片柔美的月色里
秋风站到高处，羞涩地揽桂花入怀
嗅到了桂花雅致的香气

花香与月光轻轻环绕
暮色与月色错落有致
他们隔开周围的事物，相互握手

赶快丢掉往日的喧嚣
吸一口气，慢慢逃遁
唤醒沉睡的身体

打开丰盈的内心
借云朵为翅膀
忘情其间，在月光里穿行

在霜重露冷里放歌
让月光浸润每一寸肌肤
不着痕迹地收藏深邃迷人的光华

本真的心灵，随风安静如初
让月光的光影，潜入梦里
翻越千年前的藩篱，进入高远的夜空

搬不走这里的夜晚和黎明

晨曦中

我在低头清理阳台上的花草

打理假山与鱼池

把一件件衣物装进行囊

暮色里

我在收拾我的书桌

整理我的手稿

搬掉书架上一摞摞书籍

取下墙上的字画

我要搬新家了

可是，我始终搬不走这里的夜晚和黎明

搬不走属于这里的记忆片段

守住童年的生活

松间小道、荷塘竹影、炊烟袅袅

小河里的鱼虾、山野间的小花

一切与童年有关的词语都浮现在眼前

每个人的心中都有一个藏而不露的童年

那道承载记忆的老墙

阻挡不了童年时的一个个游戏

阳春三月的花香

熏醉了每个孩童的心房

我还想在穿斗房里过家家

盼望在天井里听外婆讲故事

到槐树上掏鸟窝

去荷塘边捉蜻蜓

簸箕、筛箩、耙具散放在墙角

劳作后泥土的痕迹犹在

纺车与风车交织在一起

鸡鸭的欢叫已成过往

我不想再叙说童年的美好

童年的生活在远离我，又在靠近我

童年逝去，记忆犹新

我仍在坚持，守住这份童年的纯真

我热爱这样的场景

白云深处，柴扉掩映中
竹叶一半翠绿，一半墨绿
鸟鸣从遥远的风雨中传来
星光一层一层
布满我身上

一抬头，就遇见柔美的月光
和清凉的晚风，撞个满怀
在冬天用雪花
煮一壶香茗
与梅花促膝长谈

长风从竹林深处，一寸一寸吹来
我开始热爱这样的夜晚
我找出一些优雅的诗词
用一卷书香
温润另一卷书香

为了这个完整优美的夜晚
我穿行其间
一头扎进夜色里
寻找浪漫的诗句与完美的场景
把他们安放在我蓝色的梦里

我捧起一串串透明的露珠

行走山水间

狂热地迷恋，此刻的温婉抒情

一颗沸腾的心，跳动在茫茫星夜

于青山绿水间，长出新的愿望

我一次次尝试

撑起别致的牡丹花纸伞

寻觅天边银河浮动的光芒

在音乐的流动中，轻盈起舞

我一遍遍，向远方辽阔的风景

满心喜悦地，慢慢走去

我要为你编织月光

那一片一片的月光
挂满山岗，铺满原野
遮盖了阴影，藏匿住忧伤

月光下的树木，玉树临风
在月夜里，头顶明月
一起融进宇宙，起伏着心跳

千年后的月光，穿透云层
带着云水之心的禅意
月光所到之处，充满着光芒

掀开一阵阵晓风
我要为你编织浓淡相宜的月光
除了照亮山水万物
还要照亮你悠远的内心

有些记忆，在暮色里渐渐淡去

沉静的夜空

悬挂满天的繁星

月光下的小径很清幽、很诗意

温暖的气息在树叶间游走

群鸟欢叫，传递万物的回声

暮色掠过寂静的山岗

开出美好的花朵

暮色苍苍，夜渐渐平静下来

荷叶在荷塘里

一节一节枯萎下去

美好的明月渐渐远去

树与树之间相距甚远

总是看不见另一棵树的后面

雨滴悄然入梦

薄雾卷走曾经的明亮日子

隔着忽明忽灭的星辰

以这样的方式逃离

晚风穷尽一生，覆盖忧伤的过往

遗忘旧时的时光

月光，让心灵蓄满光芒

掠过一望无际的夜空
不知不觉间，月亮挂在天上
照亮远处的房屋和近处的河流
让远方的路
更加宽阔明亮

月亮在天空
听不见其他声响
常常对着黑暗的夜空大叫
也曾铺满一片片光亮
一路照耀，渐行渐远的夜行人

尽管心中有风雨、有雷电
月光每天从夜晚开始
直到天亮结束
总是倾泻光明
在暗夜启程
在夜色中抵达黎明

月光在夜空里放慢脚步，挥动手臂
把璀璨的星星
一颗一颗点亮
惯看舒卷的云朵

自由自在地移动

月光始终坚持那么耀眼、那么闪亮

一生的时间

月光都在固执而使劲地发光

一颗心，一直处于轰轰烈烈的燃烧状态

源自心底

装满欢喜和敞亮

让心灵始终蓄满光芒

在白云深处游弋

干干净净的云朵
穿梭在空旷通透的天空
迎接着风雨与雷电的检阅
赋予大地一片纯净

白云没有时间思考自己
无需回应世间的杂音
高昂头颅，顶着雨水
记录自己透明的梦想

白云深情地把自己邮寄给大地
里面装满最真实的心跳和均匀的呼吸
还有轻盈的脚步
蔚蓝安稳的灵魂

从 朵云到另一朵云
云朵始终保持独一无二
无论在高处，还是在低处
只看见白云与白云相逢于时光里
在白云深处安然游弋

在仰望与平视之间

在众多的花朵里，牡丹独具风骨

在那么多的眼神中，赢得了仰望

目光聚焦在牡丹的丹皮、叶子

更多的是，对牡丹花的赞美和歌颂

牡丹在光华灼灼中，莞尔一笑

那种磁场引力，甜蜜似糕点般

牡丹认为这一生，再也不会拥有比此时更多

时间的推移，眼神疲劳游离

那最初的仰望变成了平视

不经意间

眼神变得开始惦记那朵玫瑰

牡丹恍然惊觉，在脉脉斜晖中轻轻颤动

时光深处，被撕掉了一些美好

反复虚构的梦境，扑簌簌落一地

特有的仪式感，渐行渐远

星光下的小径

被锁在夜色中，不言不语

暗下去又亮起来的开阔地带

升腾起安静的万物

牡丹看清了生命的模样

站在高处，用自己喜欢的方式

让全身缀满大把大把的阳光

在光影里，抵达辽阔的路口

月光辞

独坐花间，清茶与酒杯一碰
便是一地家乡的味道
我想伸手摘下天边那轮圆月
一半给家乡，一半给我

我的心里是月亮的影子
我的眼里是月光的明亮
嘴里吃的月饼，都是月亮的味道

清风吹拂孤单的身影
桂花的暗香，丰满幸福的内心
又是中秋，举头望见家乡的月亮
我多想再次摘下那轮圆月
让月光照亮我行走的路径

在夜幕下闪亮的铁花

夜幕下到处都是舒展的笑容
孩子们喜滋滋地嬉戏玩耍
怀揣好奇，一直巴巴地等着再现打铁花
此刻，适合成年人怀念
在喧哗的地带
飘过遥远的心事

燃烧的篝火
在晚风中自由舞蹈
一群人把铁花送往高处
瞬间溅落一地水花，
幻化成各种发光发亮的图案
一片，一片，又一片

人们瞬间停止了喧哗
凝神屏息
盯着久违的铁花火雨
一会儿金蛇狂舞
一会儿满天星辰
如天女散花，映红整个夜空

层层叠叠的铁花，涌向四面八方

淹没了其他角落的声音

璀璨的烟火，点亮耀眼的天空

在起舞中，成就闪亮的奔泻

映照彩色的梦境

搅动一地心事

正午的阳光，赐予孩子光亮的远方

时间与时间之间，只有等待
正午充足的阳光
一点一点，加深我们的焦虑与等待

所有的目光，都聚焦到你的脸上
你坠地的哭声，成为产房动听的交响乐
身心暖暖的母亲，把疼痛炽热的爱意
悉数洒向你
一种伟大的力量，似一股强大的电流
形成一道闪亮的光线
发出柔软幸福的叫声

母亲颤抖的声音里，不带一丝惊慌
一半是满足
一半是牵挂
正午的阳光，流溢出七彩的美丽
灵性的光泽，赐予孩子光亮的远方

湛蓝的天空送我去远方

今天，天空格外湛蓝
我一抬头就被你深深吸引

我看见蓝天审视大地的眼神
隔着时空优雅照耀
你干净的笑容覆盖我的忧伤
你灼热的目光倾泻在身上
投射进内心

我满心喜悦
我无比热爱透明的、纯粹的蓝天
以及你干净的呼吸
虽然，我不知道究竟对你说什么好
可我眼里总有湿漉漉的水雾

大把大把的阳光
朗照在我的心里
彩霞打开我的心扉，唤醒我的灵魂
让我变得那么活跃
满世界都是你透亮的影子

我的身体日益疲惫
偶尔带有些许灰尘

我一次次挣扎，一次次努力
我的心里始终装满湛蓝的天空
有你引领，我从未迷路

我渴望在天上飞，高过阳光
踩着松软的云朵
我想这样会离你更近
可以随时相互问候
能够近距离仰望，你高洁的脸庞

谁也挡不住你，朗照我行走的方向
送我去远方

一缕月光慢慢靠近我的灵魂

寒冷的冬夜
不知是谁
刻意安排了满天的月光

这个时刻，让人特别的欢喜
我毫不迟疑，我心无旁骛
抛下内心的喧嚣
一只手，抓住璀璨的星星
另一只手，抓住干净的云朵
张开一双无形的羽翼
我十分专注地靠近月光
让月光穿过我的身体
皎洁如盘的月光
与渺小的我迎风而舞

这个过程，是我掩饰不住的一份记忆
那挥之不去的月光，填满我的大脑
慢慢靠近我安静的灵魂

一朵干净的云

端坐在澄明的天空

柔软的风，灌满云朵的衣袖

云朵在云端高处，身心自在

笑看周而复始的日升日落

与天空交换淡定从容的眼神

如注的雨水洗涤云朵的脸颊

闪电雷鸣，让云朵看清周围的事物

云朵没有一丝犹豫

彻底敞开一身的清澈

以纯净的本色，赋予万物以宁静

云朵与阳光的距离，就是一片天空

云朵一路呼吸清风里的芳香

阳光一点一点布满天空

一瞬间，彩虹跃然而出

呈现于辽阔的天际，撞击云朵的视线

七彩的光亮

在眼前一片片堆积闪耀

一朵干净的云，心怀阳光

与天空的湛蓝相得益彰

天地大美，云朵屏住呼吸

走过尘世的喧嚣

宛若虔诚的信徒

捧出内心深藏的纯净

云朵以一种轻盈的姿势

最大幅度贴近天空

阳光照进云朵干干净净的心里

一寸一寸，深入骨骼和肌肤

进入云朵丰盈的内心

第二辑

胡杨林只忠于自己的内心

开花的白云

一朵又一朵白云

并排坐在天空

缥缈的云层，朦朦胧胧

闪烁梦幻的星光，绽放笑容

放慢呼吸

月亮在等待忙碌后的静寂

你的世界，就是莫测与神秘

三三两两的目光

不能改变你的决定

狂风暴雨，只是你生活的一个个小插曲

暗夜的深渊

仍然动摇不了你的信心

你的世界，没有休止符

你在天空就是为了更好地翱翔

你要像种子般

疯狂地生长开花

你的心里

总是装满大片大片的光亮

回归大地的尘土

尘土赤裸裸呈现在人世间
尘土的存在，无人知晓

尘土毫不介意
用柔韧的目光
接受着人们的踩踏

尘土太轻太细小，没有重量
无数次努力向上飞扬
却被风撞落一地
凸显诸多无奈和壮志难酬
无数次的挣扎与逃离都是徒劳
最后静悄悄落在大地上

尘土藏起高高飞扬的雄心壮志
回归大地上
扔掉杂念
学会接受平凡
用心寻找方向
让自己缓下来，慢下来

尘土的梦想

就是要和大地在一起

尽管大地没有注意尘土的靠近

尘土确信自己

无所遗憾地眷恋大地

枫林打开广阔的世界

大雁来来回回

搬动秋日的时光

秋风在四季流转中挣扎

菊花满怀信心

不管不顾地一脸微笑

又一次，踏进这片红枫林

染得我的心也五颜六色

忽而红得似苹果

忽而黄得像香蕉

我的视线

总也绕不开这片枫林

四周的色彩，晕染出绚丽的秋天

越过流淌的小溪

摘一片叫相思的枫叶

不再迟疑

靠近你温暖的呼吸

悄悄把心藏进每一片枫叶里

在月下坐定

回到无限澄明的广阔世界

胡杨林只忠于自己的内心

这个时节
胡杨林是一个醒目的事物
胡杨林以耀眼的金黄，先声夺人
刺激南来北往的视线

胡杨林那么茂盛
那么挺拔
在周围的树木中脱颖而出
见证着岁月的沧桑

无数次，胡杨林一身金黄
招徕人们流连的目光
站立大地之上，胡杨林穿越迷雾
期望找到风的方向

胡杨林一直相信自己独特的光芒
可以擦亮人们迷失的双眸
让渐行渐远的内心
回归原地

胡杨林无可救药地忠于自己的内心
以燃烧的特有姿势，屹立于大地
在生生不息的人世间
笑看奔走的人群

这就是阿依河期待的样子

一开始漂流，就融进阿依河的开阔

一接近河流，就看见层层光影

在起伏漂流中

无一例外地感到真实

一次一次在加深刺激

靠着船舷，就像是靠着大山

船里的水荡来晃去

四处飞溅的水花，幻化出一地心事

在发亮的阳光下

掀起巨大的声响

仰面忘情呼吸阿依河的山水雾气

看竹竿一前一后

踩着波浪前行

一个个深深的漩涡

抓住起伏的内心

一次次险滩搁浅中

血液也湍急起来

曲曲折折间

淹没在铺天盖地的水花中

投入漂流，就投入惊心与动魄

探索与穿越，这就是惊喜的样子

泛舟阿依河，一路漂流

这就是期待的样子

蜀南竹海的仰望

在接近天空的地方
楠竹、金竹、花竹、紫竹手挽手，肩并肩
一株挨着一株
一片连着一片，不离不弃

春暖花开后，竹笋破土而出
一望无垠的竹枝
忘记了矜持，四处张望
直冲霄汉，仿佛要刺穿苍穹

这是怎样一种绿啊
仿佛天空下的一张张绿色插图
密密层层的各种绿
都在向上找寻充足的阳光
都想把自己献给天空

不知道怎样描绘，这丰富循环的色彩
一年一年变幻新绿、翠绿、墨绿
郁郁葱葱间自由生长，婆娑交叠
在阳光与风的交响中纷呈交错

还有什么能够比竹海更让我眷恋
让我的心更柔软
这是一种开阔辽远的高度
这是一种去掉喧嚣的仰望

绵延的巴茅草

巴茅草长在路边，长满山坡
默默地站立，谦恭地摇曳
向大地低低地垂下身子
不愿意吵醒整个秋天

在日复一日的疯长中
巴茅草低调地覆盖一道道山冈
不言不语，站立在秋风中
悄无声息地铺满整个旷野

巴茅草朝着向阳的地方，匍匐生长
日日夜夜，从不抱怨
挥动手臂，一路收藏风霜
一片接一片，一直向远方绵延开去

激昂的赤水大瀑布

一挂流水恰似不断线的珍珠
从高高的崖壁间一直向下
赤水大瀑布是澎湃激昂的
他永远不会默默不语

那迸溅的水花
从远古的丹霞地貌中落下
从四渡赤水的红军脸上落下
落出一片安宁的守望

丝丝缕缕的小水花
浸润我的脸庞
我氤氲在一片水雾中
眼帘一次又一次潮湿

竹海旁的水分子
从四面八方包围我
时而模糊我的视线
时而濡湿我的心房

一串又一串水珠
此起彼伏地争相排着队
汹涌而至
轰然掀开一幅绝美的水墨赤水

奋蹄的黄牛

远处，万物还没有醒来

黄牛踩着深深浅浅的泥土

在湖滨村的薄雾中

与劳模黄正文一道开始辛勤耕作

记得刚出生时，黄牛伸出毛茸茸的脑袋

小小牛犊，就是一副无所畏惧的模样

隔着一段又一段岁月

黄牛沉心静气，奋蹄开荒

一会儿犁田，一会儿耙田

犁出湖滨村一片又一片丰腴的土地

黄牛不用牧童扬鞭

不论寒冷还是炎热

一直按照自己的耕作方式

只管俯首劳作

黄正文没有去想自己如何劳累

也不关注人们如何评说

从不停下前行的脚步

始终激情洋溢，保持奋蹄的姿态

在大庆的光芒里行走

流淌的嫩江

穿过这座英雄的城市

托起大庆新的丰碑

这是轰鸣的钻机探出的油海

这是铁人王进喜铸就的志气

这是石油大会战打通的康庄大道

这是铁人和大庆融入的民族精神

走进这座城市

大庆精神和铁人精神汇入到脉搏里

鼓舞着一代代大庆人

国家环保模范城市、中国十佳魅力城市

全国文明城市、国家园林城市

就是 320 万大庆人扬帆远航的缩影

散发出无比璀璨的光芒

行走在天然百湖之城

徜徉在绿色油化之都

在广袤的草原，感悟北国江南

顺着铁人挥手的方向

托起自强不息的图腾

大庆在蜕变中走向世界

昔日的荒芜早已不见踪影

百湖城云水相接，满溢水乡风情

仰望大庆，那些从身体里钻出血液的人

打开波光潋滟的百湖之城

浸润大庆精神，散发魅力的芳香

在凤凰涅槃中，大庆熠熠生辉

静默的青苔

青苔保持着静默
没有那么引人注目
也许时常被人们忽略
谁也不知道
青苔的一生是怎样的

一块一块的青苔，一退再退
一直退到墙角闲靠在墙上
躺在潮湿的角落
深深浅浅，在暗淡的地方
低垂着翠绿的身影

青苔最喜欢湿漉漉的场景
在绿色世界里，也许青苔没有秘密
青苔情愿和自己说话
没有人在意青苔是否安好
但是青苔有一颗强大的内心

青苔在爱巢里
享受着大自然馈赠的礼物
活出别人羡慕的模样
一遍又一遍
在这个潮湿地带迎风而舞

露珠用温润平和去遇见美好

不动声色的露珠
在荷叶里悄悄躺着

微风一来，露珠左右摇晃上下滚动
始终端坐在荷叶里
露珠完美呈现，晶莹剔透
在晨曦的光晕里闪动

其实露珠也想串门
想去另外一张荷叶里瞧瞧
或者到树叶上去看看

不可预测的一场大雨
也许会惊醒一颗颗露珠
挥之不去的缕缕阳光
可能会直逼露珠的内心

这些注定会让露珠迅疾逃遁抑或消失
可露珠一直带着晶莹和透明
用温润平和，穿过这个世界
去遇见美好

我是竹林里的一片竹叶

最初，我是竹林里飞来飞去的小鸟
后来我认为，我是竹林里的一片竹叶

透过竹林罅隙的光线
满身青翠的我，染满金色的阳光
微风摇曳，我搂着翠竹
仿佛抱着我自己

其实，竹叶没有什么别的心思
只想在这翠绿的世界里，静下心来
一会儿让清爽的风陪一下
一会儿又让纯净的云朵抱一下

在清秀高洁的竹林
听鸟鸣翻越山谷
一颗心，高过竹梢
淹没于竹海

与干干净净的万物依偎着的蚂蚁

蚂蚁时常躺在泥土上
趴在草丛间
使劲仰望着高高的蓝天

蚂蚁不紧不慢，目不转睛
神情是那么专注，那么心静
就算在别人眼里
蚂蚁细小的身影，随时可以被忽略

蚂蚁的情绪
偶尔也被这个夏天反复撩拨
蚂蚁也想到高处去开阔眼界

蚂蚁时而穿上黑色的上衣
时而换上褐色的风衣
始终按照自己生活的方式
与大自然合为一体
用一生的时间，悄无声息地爬行

蚂蚁把自己放在空旷辽阔的地带
每一个毛孔，显得那么放松
闭上眼睛，听着自己均匀的呼吸
就这样，与干干净净的万物依偎着

弥漫的丰收意象

火苗在灶膛里红着脸
宛若一位待嫁的姑娘
一缕缕炊烟，缭绕在村庄的屋顶
反复推敲关于丰收的言辞

连绵的山坡上
站满一片片金黄丰硕的果实
无垠的田野
排列出无数成熟的蔬菜与瓜果

鸡鸣犬吠与天空的鸟鸣，叮当作响
犹如乡间和谐的奏鸣曲
牛羊满坡追逐嬉戏
仿佛要告诉人们丰收的讯息

山间绽放的小菊花
屏蔽一切喧嚣
用尽一生的时间和力气
装点秋日高远丰收的大地

这些丰盈的意象

停在秋分这个节令里

熟悉的大地万物，弥漫丰收的气息

这片多情的土地

生长出我们永久的期盼

故乡的水井

挑着井水，踩在青石板上
如同踩着岁月的歌谣
弯腰掬一口甘甜的井水
游子的舌尖，溢满浓浓的乡愁

故乡的水井，恰似一面镜子
映照着灵动的村庄
辉映着村民幸福的脸庞
水井，一头连接天地万物
一头连接儿时的记忆

水井边，母亲呼唤孩子乳名
流淌出点点滴滴的岁月沧桑
飞溅出田野的绿意与村庄的生动
水井镌刻在故乡的背景图上
日复一日，浸泡着日月星辰
故乡的水井，指引着家的方向

牵引一个乡愁世界

地里庄稼一遍遍擦拭着日子
每粒种子，就是一个梦想
一半在地里
一半在心里

一串一串的野花
点燃故乡的天空
一层一层的霜雪
就是数不尽的乡愁

游子离开故土，看遍了风景
觉得故乡的风景最美
满心期待，妈妈叫着乳名的声音
记忆中的黄桷树，一直在内心安放

遥远的村庄，斑驳摇曳
夕阳，描绘出一个山清水秀之地
万道霞光，剪出一个人杰地灵
诗意小憩，牵引出一个乡愁世界

像风一样端坐网里的蜘蛛

没有人在意
蜘蛛为什么要结网
也没有人明白蜘蛛的网语

蜘蛛没有一刻停歇，耗尽最大力气
在僻静的屋檐处栖居
缠绕出好看的线条

一丝一丝，带着血
密密麻麻，携带内心的坚韧
开疆拓土，只为结一张网

蜘蛛一圈又一圈，用心编织
隔断外界的喧哗
像风一样端坐网里，看繁华落尽

握紧幸福的小黑狗

小黑狗只知道忠于主人

无论是谁

只要驻足停留在主人房屋周围

小黑狗就会发出热烈吼叫

或者欣喜表达，或者滔滔讲述，或者不停问询

平时小黑狗总是保持静默

阳光映照下，黑色的毛散发出耀眼的光泽

小黑狗随时准备把自己交给主人

如一阵春风

始终停留在主人身边

不管外界如何诱惑

小黑狗坚定如初

认准方向，长出信念

从不挥手说再见

怎么都不会离开主人

闲暇叫，小黑狗也试图想离开

去外面的世界嗅一嗅

小黑狗转转悠悠

明白这儿才是身心栖居地

于是沿着熟悉的轨迹，原路折返

小黑狗匍匐在地

盘点过往的日子

听见自己内心真实的声音

毫无保留，小黑狗始终坚守方寸之地

一直握紧自己的幸福

山野里的菊花模样

淡然、清雅、幽静
这就是你的模样

一阵秋风，吹开你的花瓣
一场秋雨，濡湿你的眼眸

你不曾想过什么
也不愿意想什么

你只希望在山野
静静地活出自己的模样

泥土的芳香滋养着你
你喜欢悄悄仰望，于是看见了蓝天

此去经年，纤尘不染
在高远的季节里，重生

如果可以，我要收藏那一声乳名

在我滚烫的血液里
流动着古老的雕花门窗
几回回梦里
被妈妈叫我的乳名唤醒

接近家乡，就是接近自己的心事
我的目光，转向那颗记忆的黄桷树
视线所及的山野
全是挥不去的绿色乡愁

母亲两鬓的白发，犹如昨夜白露
呢喃声里，重温往日柔软的故事
如果可以
我要永远收藏那一声乳名

隔山隔水，总隔不断那声乳名
无数次穿山越岭
携带松软泥土的芳香
枕着那一声乳名，安然入眠

乡情乡音，在乡间小道上回荡
那一声颤动的乳名，飘向梦境深处
绵延不绝
丰满前行的路程

装满乡愁的家乡

河边的男孩抓鱼虾、捉螃蟹、挖鳝鱼
田野间的女孩采蘑菇、采莲子、采柚子
老人在编制篾具、榨菜籽油、酿高粱酒
一幅幅乡村生活画卷
徐徐展开

晨曦透过杨槐树的树梢
牧童放牧着白云和蓝天
渔船上的打渔人撒开渔网
那折射的抛物线
成就龙溪河最美的剪影

斑驳的老屋
守护着儿时的回忆
门前的草垛围着老屋溜达
青蛙一遍遍诉说雨雪与风霜
家乡的山水
构成梦中的一个个细节

葳蕤的黄葛树
遮不住挺拔的风姿
金黄的果实趴在那里
托起一片丰收的景象

家乡就这样

被定格在我们的脑海

河流拒绝喧闹

升腾出宁静安详的情愫

如黛远山挥舞双臂，舒展挺拔的脊梁

家乡一转身

带着草木香气

诱发满满的乡愁

青蛙的愿望

青蛙一边跳跃
一边讲述生命的故事
从蝌蚪长成青蛙，演绎着生命的进化
青蛙执意把自己丢出去
抛在池塘边，放在稻田里
置于风雨中

青蛙不会守在井底，小心翼翼
在夏天，青蛙置身于一片绿色之中
一半身体在水里，一半身体在水面
一会儿跳水，一会儿潜泳
发誓要努力呼喊，吃掉各种害虫
用呱呱的叫声，等待一场及时雨
从不思量自己嗓子的干哑
在深水中，用独特的声音配合大自然
竭尽全力，保护庄稼的周全

青蛙面对收获的庄稼
露出干净的笑脸
奏响美妙的音乐，犹如夏夜宏大的乐队
青蛙的一生
就是旷日持久地呼喊和捕捉害虫
全部的愿望，就是许庄稼一个好收成

青蛙来到人世，就是一生
离开世间，就是永恒

在一首歌里再次见到鼓浪屿

一首不绝于耳的鼓浪屿之歌
唱出一个海上花园的传奇

每去一次鼓浪屿都加深我对你的热爱
仿佛一只贝壳静卧在沙滩
感悟你沧桑厚重的情怀

鼓浪石伫立于海天一色中
一行白鹭在流动的音乐里翻飞
伊斯兰圆顶、哥特尖顶、罗马圆柱
藏着西方太多的故事
钢琴声与涛声肆意抒情
阳光映照沙滩上的人群
我的目光，一直追随着海鸥闪亮

在鸟鸣和海风的簇拥下
万国建筑馆藏不住昔日的繁华与风韵
小巷深处的怀旧木屋
诉说尘封的斑驳往事
日光岩抬高视线
演绎无数的深邃博大

海浪用一次次撞击

表达对礁石的爱恋

远去的船帆

载不动鼓浪屿一世的情愁

倒垂长藤的榕树，萦绕万千情愫

笔直的椰树，排列出声声呼唤

今天我再次靠近鼓浪屿

将长长的海岸线，围绕在你的周围

用湛蓝的海水，涂写我的热爱

在枝丫上做梦的红柿子

红红的柿子

笑盈盈地端坐在柿树枝丫上

抓住秋天照耀的阳光

映红十月的天空

柿子红遍整个秋天

染红了周围的树叶

执意用红红的果实

在枝丫上做梦

秋风拂过一片片柿树林

柿子理了理身边的枝丫

隔着树枝，打望其他的红柿子

荡漾一种被包围的快乐

枝丫上密密匝匝的柿子

仿佛一个个红红的小灯笼

满坡满山的红，形影相随

和万物一同生长

一同抵达美好

小草之心

小草小心翼翼，低到尘埃
全部的身子铺满整个大地
浑身上下，一副谦恭的表情
小草的肌肤
与泥土紧紧贴在一起

小草让出大片大片的空间
把双手插进土壤
在阳光的升起与落下之间，不断丰富自己
一呼一吸里
把自己缓缓托付给大地

小草没有伟岸，也没有挺拔
在葱茏与枯黄间
完成对事物的认知
其实，小草一直不愿意声明
自己有多么坚强，多么有力量

小草要将自己归依给大自然
极力不染上尘世的杂念
让自己充满安静、淡定、高远
赤裸内心
始终展现一片辽阔的绿意

第三辑

农民要把自己安放在辽阔的田野

用劳动的经纬线创造劳动的荣耀

家政工从晨曦中醒来
把承载全家的沉重之躯抛出去
奔忙在单元楼之间
来了又去，去了又来
也许大家不是很清楚
她从何处来，又到何处去

她敞开自己，躬身重复的劳作
无法停下手头的工作
一双满是老茧的手
传递着劳动的温度

不知什么时候，脸上蓄满汗水
她没完没了跟着太阳走
一次次刷新劳动的高度
以热爱的模样，永不停止劳作

她高挺健硕的胸，不负光阴
以最柔软的姿势
沿着既定的方向
身披阳光，在此启程

她与岁月叫劲抗争

为了更好的未来，迷恋自己劳动的身影

日复一日，结伴晨曦

保持劳动原色

用劳动的经线和纬线

赋予爱和希望，创造劳动的荣耀

传递人间至味的外卖哥

热爱奔跑的外卖哥，风驰电掣
载着客人的需要
在大街小巷、车来人往中穿梭
一刻不停，一路向前

不惧寒风扑面刺骨
忍耐滚滚热浪的侵袭
仰望天空，高处的光芒朗照全身
持续的力量和意志
带着外卖哥沿街奔驰
一双手，传递舌尖的幸福
让人间至味，唇齿留香

长长的地平线
牵着一个奔跑的灵魂
外卖哥收获客人满意的点赞
在前进的节奏里，敬仰万物
赋予信心和希望

护士定义的青春内涵

没有华丽的衣裳

一身简约洁白的护士服

包裹青春的身段

忙碌的身影，总在病房穿梭

输液、换药、打针、量体温、测血压

这些是护士生动的背景画面

没有与众不同

一股有形抑或无形的力量

在护士心中传递

护士一天时间的中心就是病人

把每一个环节、每一个细节都做到极致

每天饱蘸激情，奔走在每一个病房

没有惊天动地

满脸蕴含的阳光气息，感染一个个病人

虽然不引人注目

但是一直用内心的坚定

用一次又一次的精心护理

不断刷新护士青春的梦想

没有华丽的言谈

护士用实实在在的行为

在平凡里，缔造一个个传奇神话

书写一段闪亮的青春年华

用无声的行动

重新定义青春的真正内涵

厨师的终极梦想

带露的黎明中，鸟鸣唤醒厨师的耳朵
匆匆的脚步从此刻开始，到傍晚结束

磨刀的声音、炒菜的声音、盘碟碰撞的声音
这是厨师觉得世间最美的声音

辣椒、花椒、大蒜、老姜、食盐、味精
这是厨师每天打交道的朋友

川菜、粤菜、湘菜、鲁菜、闽菜菜系的菜品
这是厨师终身追求的梦想

厨房是厨师每天的战场
客人的满意是厨师服务的终极目标

做尽天下味道，尝尽酸甜苦辣
在满足与给予中激情四溢

成就孩子幸福模样的教师

这个世界，你没有什么不一样
你总是在默默耕耘，无私奉献
时刻积攒独特的能量
构筑无疆的大爱

你聚集无穷的力量
发出耀眼的光芒
一直教育孩子先要学会做人
孩童时期的教养，学习的态度
自信的心态，严格的自律
这些才会决定孩子人生的高度

你一直怀揣信仰
回应一个个渴盼的眼神
满怀坚定的信念，传道授业解惑
让一颗颗种子自由向上，快乐生长

你解读孩子成长的每个阶段
帮助孩子塑造独立品格
造就高尚人格
成就每个孩子不同的幸福模样

穿梭在车辆与行人间的交警

交警从来没有想到过
自己的一生
就交给了这一条条道路和一辆辆汽车

从清晨开始
交警穿梭在车辆与行人之间
在繁华地段和红绿灯路口
用熟练的手势语言，指挥千军万马
左手指挥安全
右手指挥畅通
头顶警徽栉风沐雨，笑看安宁
警灯闪烁，换来千家万户的笑脸

站在道路中心，保持微笑的姿势
站在十字路口，不畏酷暑严寒
交警的身影
就是一道最美的风景线
整日的忙碌，种下为民服务的种子
铿锵的誓言，闪烁出耀眼的光芒

搬运时光的搬运工

大山一样的重物，压在搬运工身上
整个人艰难地，高一脚低一脚
搬运工依然前行，他不能撂挑子
家里的父母看病要钱
孩子上学盼着买新衣
每想及此，瞬间力量倍增

搬运工龇牙咧嘴
一颗颗汗珠，顺着脸颊流淌
搬运工一直躬身在外扛着货物
如同扛起一份责任
车来人往中
一双布满老茧的手，一边搬运货物
一边搬运着希望和时光

扶贫风景线

帮扶干部怀揣初心和使命

双手沾满泥土的芬芳

鼻孔嗅着熟悉的青草气息

为了民生福祉，铆足一股劲

真心融入，真情投入

帮扶干部庄严承诺，挑战贫困

曾经看到过田野的荒芜

看到过村民的贫穷

还看到过道路的泥泞、房屋的破旧

现在，辽阔的农村

处处空气清新，身心舒畅

田野一片葱绿繁茂

道路畅通，房屋焕新

稻谷飘香，硕果累累

这些变化，穿透村民满是皱纹的脸颊

洒下的温暖，满溢贫困户舒心的笑容

美丽乡村环绕四周

开展特色产业、职业技能和种养殖培训

建设扶贫车间

设立公益岗位

种植晚熟李子和晚熟柚子

引进企业，规模养殖土鸡土鸭

在山坪塘喂养有机生态鱼

流转土地

种植有机蔬菜，栽上花椒树

志智双扶，激发贫困户内生动力

田间地头生机蓬勃

贫困户躬身劳作

用勤劳的双手，拼命改变自己

满地的庄稼，长势喜人

山坡上到处是金灿灿的果实

特色产业成果丰硕

水产养殖、花卉苗木、果蔬种植异彩纷呈

扶贫干部攒足劲儿

用贴心的行动，焐热老百姓的心窝

贫困户挺起宽厚的胸膛

伸出大拇指，满心赞美

翻阅村庄的版图

危房变新房，矗立在村口

房前屋后干干净净，装满果实

到处小桥流水，万物生长

农民身披阳光，院落一片安宁和谐

到处呈现丰收祥和的景象

勾勒出老百姓幸福美好的愿景

积攒芳香的图书管理员

在这座城市
图书管理员淹没在浩瀚书海里
看上去没有什么与众不同

他们经年累月，守护在图书馆的每一个角落
一张脸洋溢干净的微笑
一双手散发书香气息

他们有一种笃定的思维
就是要让读者的灵魂得到洗礼
就是要让品格得到重塑

无数个晨昏，他们打开一生的梦想
积攒着诗书的芳香
安放读者栖居的魂灵

用脚步丈量城市安宁的保安

你离开家乡，来到这里
穿着制服，迈开坚实的脚步
丈量城市的每一个角落
撑起城市的一片安宁

霜寒露重你一直坚守岗位
遇到矛盾你及时化解
面对违章乱纪者你严厉制止
面临委屈不解你一笑置之

你用汗水在诉说
酷暑严冬中，彰显你坚挺笔直的脊梁
岁月雕刻着你的脸庞
美好的年华，奉献给老百姓的安居乐业

你不言不语，走过春夏秋冬
为了城市的和谐稳定
平凡的岗位成就了伟大
在坚守中寻找生存的尊严

你是一名城市守护者
不为赞誉，只为长治久安
从漫漫长夜到清晨的第一缕曙光
最大的愿望，就是报一声平安

建筑工人的臆想

脚手架星罗棋布，占据建筑工人的视线
你手中的砖刀一抹
整齐雪白的墙壁就排列在那里
你的剪影，瞬间雕刻在新砌的墙上

泥沙已经牢牢嵌入你的指缝
你最喜欢砖与泥沙摩擦的声音
尖利、空旷、浑厚，这是你最爱的交响乐
虽然你不知道交响乐是什么

在工地，你与扎钢筋的姑娘相识
在简陋的出租屋举行婚礼
你用粗糙的双手、结实的臂膀
践行你的爱情誓言

城市在你手中一次次美丽无比
你无数次臆想
其他人坐在你修建的房屋里快乐的样子
尽管你拥挤在低矮破旧的出租屋里

看着这个城市最美丽的建筑，你莫名地喜悦
你的青春在弯腰劳作之间日渐逝去
一幢幢拔地而起的高楼
就是给你最高的奖赏

农民想把自己安放在辽阔的田野

顺着田野的方向

农民闭上双眼

什么也不想

自由吮吸草木的气息

感受自己的心跳

农民一寸一寸的肌肤

感受着大自然的浸润

干干净净的风

洗涤着农民的每一个毛孔

丰富农民身后的风景

鸡鸭成群，牛羊哞叫

袅袅炊烟与古老的水井

隔着农家四合院

调皮地上下对望

宛若小河一如既往地流淌

农民一遍一遍

擦拭着光滑变旧的农具

汗水挥洒在山坡间

坚实的脚印

镌刻在田坎上

庭院的果树高过云朵

弥漫着成熟的果香

无垠的田畴，闪耀着稻谷的金黄

越来越高远的阳光

映照着绿油油的庄稼

这样的季节

到处听见镰刀挥舞的声响

累累的硕果，挂满枝头

无数次

叠加农民的期待

这里，只有真实的田野

只有安静的万物

农民和田野一次次交谈

一次次恩爱

农民热爱田野胜过一切

农民的魂魄

被囚禁在田野里

农民无可救药地

想把自己

安放在辽阔的田野

水管安装工的世界

不知何时
我们的生活已经离不开自来水了
更不知何时
水管安装工的世界就是自来水

在勘察规划、量尺寸、下料的重复中
一截一截的水管，在楼上楼下挺直脊梁
安静地停靠在墙上
投下欢愉劳作的身影

水管安装工戴着白色的帆布手套
用尽所有的力量
在空中，勾勒出一道道美丽的弧线
试图描画这个可以赞颂的世界

水管安装工随风而动，构成一幅剪影
大把大把的青春时光
在自来水的哗哗流淌中飞升
丰盈的梦想呼之欲出，就此逐一呈现

月嫂的目光

产房的哭声一下抓住月嫂的心
一种久违的痛感，伴随一次次震颤
以亲近的姿势，迎接婴儿的到来
宛若月嫂孕育的梦想

房间里没有阳光和风
摇篮摇出一个婴儿未来的世界
婴儿的手臂恰似天使的翅膀
梦中的呓语，带着神秘的微笑

小小的奶瓶，反射出一个水晶王国
一张张尿不湿就是一块块拼图
月嫂不厌其烦地濯洗一件件小衣服
好像这就是一个个七彩的梦幻

看着婴儿通透的皮肤
闪耀微红的光泽
仿佛看着自己的孩子

月嫂有种似曾相识的亲切
伴着婴儿的成长
月嫂收获着一片透明的希望

一名清洁工的行走

黎明刺破黑夜

空气中蕴含青草的芬芳味道

一名清洁工穿行其间

把自己交给每一个清晨

长长的道路中包裹着垃圾

藏着许多纸屑尘埃

年复一年

你纵然轻若风中尘沙

却始终展露干净的模样

就这样

你一遍又一遍地做着重复的动作

一次次，把黑夜和清晨排列在一起

左手扫掉黑夜残留的气息

右手迎接黎明微露的芳香

这变得多么真实

这就是生活的真实部分

虽然卑微但是踏实

一直在生活低处

扫出一片片干净的领地

驻村扶贫干部札记

从夏强驻村扶贫的那一天起

全部的思量，都在这个贫穷边远的小山村

一颗年轻的心迅速被点燃，腾起激情的火焰

无法遏制根植在内心的使命

夏强把誓言刻进眸子里，向贫困宣战

用行动驱走贫穷的黑暗，把荒芜抛在身后

在无怨无悔中虔诚坚守

东方刚露鱼肚白

夏强伴着晨曦穿上筒靴　开启走村入户模式

用脚步丈量高石村的每一个角落

料峭的晨风拂过脸庞

他要去找"五保户"老人余述成，查看他家的危房

要去吴大云家，调解他与儿子儿媳的矛盾纠纷

刘永云的孩子要读书，需进城去找职教中心

高石村的道路硬化得加快速度

夏强的心里牵挂着裴兴镇

惦记着高石村的贫困户

他要让高石村的土地，开出富裕的花朵

15公里硬化路通到高石村

改造3公里饮水管网

高石村畜牧饮水、农田灌溉储水全面解决

13户建卡贫困户危房改造全部完成

费尽心血，引进林山香料有限公司

流转土地，种植一千多亩油樟

壮大集体经济

建成现代化蛋鸡养殖场

倾注力量，帮助建成扶贫车间

一道道山路，布满夏强的足迹

一条条小溪，辉映出夏强刚毅的脸庞

为了建档贫困户的"两不愁三保障"

为了激发贫困群众的内生动力

夏强因户精准施策，同吃同住同劳动

除了产业扶贫、扶志扶智

夏强挨家挨户走访排查

撸起袖子，到院坝宣讲

在田间地头商量帮扶措施

谋划高石村未来的发展思路

夏强把高石村当作生活的背景

见证闪亮的青春

眼眸一直停留在这里

夏强坚挺的脊梁，承载着对高石村宽广的爱恋

曾经贫穷的村庄

万物萌动，遍地光芒

种下一粒小康的种子

春风吹过，满眼青山绿水

夏强日夜兼程，精准扶贫开花发芽

高石村远离了贫瘠和荒芜

在脱贫攻坚的致富路上，向着小康奔跑

一缕阳光照在修鞋工的脸上

修鞋工没有健壮的体魄
也没有太多的言语
一个不足十平米的小房间
就是他一天的活动空间

一缕阳光，缓缓照在修鞋工的脸上
修鞋工的眼睛，变得专注而安静
一双长满老茧的手，娴熟地移动着
不断重复的劳作中，忘情其间
一遍一遍敲打着日子
缝补一个又一个岁月

他微小而实在地活着
虽然是一个不起眼的角色
无法改变岁月的模样
但是让人们一直踏实地前行

初心永恒的城市建设者

初心是城市建设者理想和信念的汇聚

初心是城市建设者的责任与担当

一个又一个垫江住建人

情系百姓，众志成城

奏响新时代的最强音

开启最美城市建设者的新形象

我们与这座城市一同成长

我们是这座城市的建设者

我们是这座城市的追梦人

我们牢记使命，演绎垫江的华丽蜕变

我们怀揣初心，雕琢垫江的美好模样

我们用双手描绘垫江人民的美好生活

我们用热血勾勒垫江的美好蓝图

昔日桂溪河、滨河路恶臭浑浊

如今垂柳依依，鸟语花香

过去破旧小巷老旧小区

今日变身西欧花园和中心广场

商贾云集，焕然特色新商圈

荒芜偏僻的天宝寨周围

化身登山步道和体育文化公园

成为垫江老百姓休闲娱乐健身的好地方

牡丹湖碧波荡漾，两岸桂花飘香

丰盈垫江的牡丹人文情怀

垫江城市建设者助力乡村振兴、脱贫攻坚

处处写满特色小城镇和幸福新农村的故事

城市框架一次又一次延伸

城市功能一次又一次完善

农村二环八射八连美如画

城市六纵六横拉通新骨架

牡丹故里，幸福乐居

一个个公园风景如画，竞相媲美

一座座小区拔地而起，鳞次栉比

每一个公园每一幢高楼，都承载着城市建设者的梦想

康养垫江，腾飞崛起

牡丹湖、文笔湖，还有东部新区三合湖

游人如织，交相辉映

红星美凯龙"高大上"

爱琴海购物公园引领垫江新时尚

城市博览中心、渝东国际农贸城、协信星光天地

提升城市的品质、气质与形象

智慧小区、海绵城市，牵引老百姓的视线

绽放璀璨的光芒

明月山麓传来开拓的钟声

城市道路、综合管廊、排水管网基础设施有序改善

城市滨水空间景观提质提出新规划

实施建筑强县战略初见成效

龙溪河畔扬起奋进的水花

东部新区一年奠基、三年成形、五年见效

成为城市新高地，市民新家园

生态优先，绿色发展

人居环境大大改观

建设"三地一心一城"

推进城乡高质量发展

牡丹故里，人杰地灵新气象

康养垫江，流光溢彩书华章

为了城市的靓丽

为了老百姓的幸福感

城市建设者殚精竭虑，尽心尽力

实施"五个一"，开展"三强两看一晒"

把青春和汗水，挥洒在这座城市的每一个角落

城市建设者的铮铮脊梁，镌刻在垫江老百姓的心坎上

忠于职守，智慧干事

牢记初心，敢于担当

让城市生活更美好

建设诗意栖居的新垫江

这就是激情飞扬的城市建设者的誓言与承诺

掷地有声，字字铿锵

城市建设者砥砺前行，初心永恒

奋力谱写新时代的华美乐章

城市建设者踏着新时代的城市节拍

逐梦未来，一程又一程扬帆启航

这个春天，值得农民山一程水一程去追寻

农民在这个春天里

固执地找寻春意

找寻属于自己的春天

伴着春天的韵律

农民挥舞双臂

在宽阔的田野和庄稼地里穿梭

除草、松土、施肥，这一拨拨连串的场景

在阳光下熠熠生辉

给村庄留下生动的注脚

扑面而来的春风

擦拭着农民脸上的汗珠

农民在田间地头，踩着欢快的节拍

一遍遍重复着劳作的姿势

农民轻轻放下农具，听着鸟鸣

拍着衣服上的尘土，开怀大笑

弯弯曲曲的山路上

那朴实而本真的耕作片段

胜过那些搔首弄姿的摆拍

剪辑成乡村的一道风景线

农民的心里
认为这就是劳动的美学

和煦的春风，一路向前
和村里的庄稼不约而至
一起来到农民的庭院
看那满目的春光，一闪一闪
细碎的光亮
与春天交换着场地

看着花朵与庄稼相连
隔着绿色的田野和流淌的小溪
农民在内心丈量着与春天的距离
春天的风景迅速生成
怀揣希望，农民径直奔向春天
农民的眼睛里
呈现一幅幅蓬勃的春天画卷

这个春天
值得去仰望
值得农民山一程水一程去追寻

让霜降的心，停靠在多彩的画布

立 春

立春，这个词汇
从漫长的冬天开始就在盼望

春风送暖，冰雪消融
万物保持着清新与新鲜

立春
波澜不惊地在等候第一朵花的绽放
静静期待，蓬勃的田野呈现一片生机

立春
又一次想到阳光
想到万物的葱茏

立春，先看见发芽的树枝
接着发现含苞的花蕾、绿绿的青草地
还有那一片片复活的田野

立春的内心，溅落一片伸手可触的光芒
新绿不厌其烦，从四面八方围拢过来
迫不及待地告诉大家春天来了

花朵牵着春色此起彼伏

整整齐齐盛开着

明亮着立春的眼睛

安放在心里的端午节

靠近艾叶和菖蒲散发的气息

《九歌》《天问》的诗意

高过五月的端阳

翩然走来

四处蔓延端午节令的情愫

一粒又一粒糯米

带着母亲掌心的温度

一个个粽子裹紧自己，一声不吭

屏住呼吸，生发无形的力量

隐藏绵远的依恋

铺展耀眼温情的光泽

粽子缠缠绕绕

不动声色

紧紧围绕在一起

堆积出无数几何图案

精心构思一份浓浓的乡愁乡味

蘸着炊烟，和着白云

粽子一直坚持以这种方式

无声凝望

随渐行渐远的龙舟
传承生动的文脉

天地万物的爱
一起聚焦在这儿
端午就这样，带着念想
穿越汨罗江的烟雨
静悄悄，安放在我们心里

冬至的脚步

当冬至的风伴随冬日的暖阳，飘然而至
大山的纹理，次第裂开
冬至与呼啸的山风
招手示意
托举起满山的云雾

站在树枝勾勒的美丽线条中
塑造一个个朴实的肖像
冬至从贫瘠到富有
延续季节的召唤
处处涌现草木的气息

大风猎猎作响
一遍又一遍
扑向冬至的脸庞
冬至借大树的肩膀
用阳光填满身体的每一个部位

在低矮的茅草周围
冬至崭露头角
随风而动，极力靠近
冬至攥紧拳头
一直不停歇，闯向春天的脚步笃定

端午节的味道

我和妈妈包完粽子之后，惊讶地发现
粽子，就是一座一座的小山
尤其像闪耀着故乡亲情光辉的小山

我从左至右，抚摸着每一个粽子
这一个个粽子
仿佛用独特的味道，呼唤远方的孩子

艾叶悬挂在门楣，宛若思乡的经幡
顺着浓烈亲切的端午气息
诗兴四处满溢，荡漾出几多情绪

我反复咀嚼
一半粽子的味道，一半家的味道
漫上心来，挥之不去

立冬，我和雪花一起行走

在冷暖的交替里
立冬骤然而至

铺天盖地的风不管不顾，灌满全身
这一刻，我特别想念母亲的火炉
瑟瑟中飘来久远的温暖

飘舞的雪花
瞬间照亮每一条街道
映照我们布满尘埃的心房

雪花，一片一片缓慢飘落
从四面八方赶来，遮住大山
我先迈开左脚，然后迈出右脚
一步一步以舒展的姿势，彳亍在雪地

我迫不及待，仰头舔着雪花
我的双眸，一点一点被濡湿
我真想一直站在这场雪里
站在立冬的寒风中

我在凛冽的雪地里

虚构一场温暖

我一走，雪花便如影随形

引我走向前方

夜里梦见我身裹雪花，乘仙鹤盘旋

环绕山谷上空

亲吻伸手可及的蓝天

追赶云层上的阳光

没有母亲的中秋节

这样一个中秋夜晚
我接纳着满天的月光和辽远的苍穹
内心涌动如烟的往事

坐在这片静默疼痛的月色里
看见了母亲的盈盈浅笑，我知道
没有母亲的中秋节是残缺的

此刻没有欢愉，我只听见断裂的琴弦
秋风中的叹息，浅浅的呜咽离歌
还有那满目的悲怆

满天的月辉，宛若一个又一个的思念
秋风竭尽所能
指引我了解万物的美好

鸟儿带着念想，不知疲惫
唱着遗忘许久的歌谣
试图覆盖往事

挂在茫茫夜空的姣姣明月
极尽耀眼地抚慰
彻夜通明，照亮远方的行程

绿意盎然的立夏时光

立夏与雨水缠绵相遇
让夏天一伸手
就触摸到白白的云朵

高处的彩虹，兴奋地撒下七彩花瓣
投射到林间的小树林
燃烧夏天的心房

夏天的光芒携着万物
拔节生长
跨越时光，延伸大地的绿意

夏天一点不吝惜
用劲地绿着
仿佛绿就是夏天一生的专属

夏天面对茂盛的绿意
恐惧中夹杂惊喜
尽管猜不透命运将怎么安排

夏天不改初衷
摇曳出斑斓的花朵和辽阔的绿意
收集晶莹的雨水
永远保持温暖、纯净、透明

七夕的呓语

大片大片的紫色薰衣草，聚集在一起
营造出无边的浪漫情愫
玫瑰花面带羞赧的微笑，渴望透过花瓣
神秘地传递盈盈爱恋

向日葵以自己的向上盛开
反复描述爱情的繁茂
皎洁的月光，得偿所愿
紧紧攥住满满的光亮和幸福

其实真正记住七夕的
不是那些花朵与烛光
也不是那些巧克力带来的激情
而是那些内心充满浪漫爱意的故事

七夕在日复一日中渴盼
怀揣满溢的芬芳
不想辜负这满天的星辰
与飞鸟一起歌唱，热烈共鸣

七夕聆听着自己的心跳
用自己独特的方式
一遍一遍，以一颗温暖之心
拥抱一生的幸福

清明的雨水

人间四月没有了芳菲
清明的雨水，擦拭着墓碑上的名字
靠近墓碑
瘦弱的母亲在桂花丛中兀自浅笑

目光纷纷落在母亲的墓碑上
我们从左到右，又从右到左抚摸照片上的你
那慈祥坚韧的笑容
铭心刻骨的刺痛

冒出新绿的万年青，呈现春天的浩大
鞭炮的响声，一次次撞击儿女们的灵魂
坟头疯长的野草
犹如我们杂乱疼痛的心

从生到死，从喜到悲
来不及思量，一瞬间就完成
可这伤悲遗憾的心
一直不知安放在哪儿

断魂的风穿透墓碑
两面青山，黯然相望
一切归于尘土
一切都隐去

情人节，奔赴一场桃花溪的约会

找出最后时刻的生命里
那缓慢升腾的情绪
远离尘世的喧闹
你的一个转身
成就了与桃花溪的完美约会

你飞奔下去溅起水雾
满身桃花
一切归于平静
桃花溪因为你的到来
一下子显得灵动

你躺在一望无际的桃花溪里
两旁的鱼虾静静守护在你身旁
小心翼翼游动
你在靠近桃花溪
又在远离桃花溪

你感受到了桃花溪的清冷
见证着桃花溪的辽阔
你被溪水托起
一点一点
向桃花溪深处走去

桃花溪依旧，溪水与溪水之间只有你
溪水要把曾经身心温暖的你藏进水底
带你去你向往的远方
希望干净的溪水
带给你安宁与永生

让霜降的心，停靠在多彩的画布

不早不晚
就在这个时辰
霜降跨过秋天的门槛，如约而至
面含微笑，见证着时光的更迭

霜降没有铺垫
省略了前奏
在秋风秋雨的跌宕起伏中
纷纷扬扬，漫过秋天的旷野

点点风霜，挂在山坡上
霜降这个节令一到
黄黄的果子，压弯枝头
带着果酸气息，迎面而来

不知道是红色树叶染黄黄色树叶
还是黄色树叶染红红色树叶
树叶争先恐后，用色彩来迎接霜降
让霜降的心，停靠在多彩的画布

收藏夏至的美好

夏至就此，若一丝风从指间滑过
让我感到清晰耀眼

我发现天高了，云淡了
土地变得干渴了

夏至的时候，春天全身而退
绿色是夏季最好的礼物

夏至用专注、执拗的目光
极力拉长白天

夏至积攒着夏天的温度
与蓝天一起，一圈又一圈地旋转

蝉鸣、蛙鸣、鸟鸣，组合成交响乐团
赞美着夏至的明净与高远

夏至牵着白云翩翩而来
飞过村庄的田野

夏至不愿惊扰老农，拐进荷塘里
遁入荷花丛中，注视着万物

除夕这一天

除夕这一天

在外游子等了一年

哪怕山高水长

从四面八方

背着行囊来赶赴这个日子

成为岁末年尾的一个共同约定

是的，我们就想回家

就想带着爱人

拉着孩子的手

急切地穿过拥挤的人潮

走过万家灯火

回到一个暖心的家

父母打听着孩子的行程

扳着手指

计算着归期

忙进忙出地采购年货

不停地打扫铺床

在噼噼啪啪的鞭炮声中，满心期待

看着两鬓斑白的父母

听着父母叫着自己的乳名

吃上一顿朝思暮想的年夜饭

感觉那浓浓的年味儿

烟花、对联、灯笼、团年饭，醉了除夕

醉了游子的心房

欢声笑语，熨平父母脸上的皱纹

除夕的团圆，成为化不开的乡愁

重阳节的时光

也许目前不会知道
重阳节有多重要
可我们明白，我们终将老去
我们终将抵达这个时刻

微微弯曲的脊梁
讲述着一个个丰富的故事
额头的一道道皱纹
托举起流逝的时光

渐行渐远的灯影
摇曳出儿孙的姓名
老屋的烟火
缠绕着故乡沿途的山路

难测的未来，走不完的路
记住光鲜的过往，遥望未知的远方
让一寸一寸的河流，永不干涸
收获左边的幸福，承载右边的快乐

人间四月天的清明

面对偌大的旷野
清明的柳枝，舞动着春天
各种花朵，打开调色板
弥漫四月芬芳的气息

草木之上，心在飞扬
希冀找到另一个世界沉寂的你
沿着清明的方向
萌芽春天的疼痛

一帘清明的雨水
在四月天站稳
捂住蜂拥而至的忧伤
复活远走的心事，随风飘舞

时光的渡口，载不走温暖的记忆章节
在时间的经纬度里
搬运一个个渐行渐远的片段
覆盖满怀的追思，祭奠心中的爱意

穿过纷纷的春雨，目光的尽头
让一次次疼痛，化为烟尘
呜咽成一世的故事
兀自行走，在人间四月天的路口

一袭青衫晕开的元宵月色

斑驳树影，摇曳出圆圆的月亮

夜空蹦出妙不可言的月色

柳梢头上的鸟鸣

穿过约定的黄昏

把这个黑夜，演绎成蓝盈盈的星空

镶进元宵转动的时空里

夜色时深时浅

缓缓漫过元宵这个节令

迷恋着摄人魂魄的月色

挽起夜空的手臂

唤醒满地月色

撒下春天光亮的种子

群山不知何时，灌满芳香

默默起舞的晓风，牵引薄雾

柳枝风轻云淡，舒展腰身

用一袭青衫

晕开朦朦月色

作为今夜独特的抒情

第五辑

看见牡丹就是看见整个春天

从春天清晨中醒来的牡丹

牡丹的枝干和叶子
在春雨的滴答声里
期盼牡丹花瓣敲门入梦

仿佛一夜间的功夫
牡丹就在这个春天的清晨，悉数醒来
花蕊与花瓣坦坦荡荡
驻留在春风里
紧贴大地，宛若春天的歌者

牡丹挥着翅膀
在春天里生动绽放
踮起脚尖与春风握手
与春光交换彼此的眼神

春雨洗净牡丹的尘土
让牡丹通体明亮
寂静的山野，铺开偌大的披风
构成一幅春天的版图
那一低头的优雅春色，迎面而来

不要倾国，不要倾城

牡丹只知道，全神贯注

开出自己独有的芬芳

牡丹的心中，装满整个春天

垫江，我想对你说

垫江，穿越西魏恭帝三年的历史

结绳记事，钻燧取火

用至真至善的本性

屹立于明月山和精华山之间

在辽阔的龙溪河

用满仓的鱼米，繁衍生息

还记得，亚热带季风气候里

滋养了一代代勇敢智慧的垫江人

东吴人将甘宁，甘洒满腔热血

抗倭英雄胡帛，誓死保家卫国

吏部尚书夏邦谟、刑部侍郎白勉一生勤勉履职

铁面监察御史程伯銮两袖清风

清朝八大才子之一的李惺

留下了公生明廉生威的千古名言

近代的任鸿隽、董泽清、陈荣悌、董时进、孙才新

宛若浩瀚星河，辉耀丹乡

远去的尘土，逝去的烽烟

带着祖辈的渴望与梦想

乘浩浩的春风

传递悠远的光芒

诏书阁、禹王宫完美呈现古老垫江的璀璨文化

角雕、竹编匠心独运

一碗石磨豆花、一罐梅咂酒

甜透家乡儿女的心怀

高峰薅秧歌、开山号子

唱出对美好生活的愿景

新民春牛舞、莲萧旱船舞

舞出垫江人民自信的风采

明月山的牡丹，守护自己的初心

坚持按照自己的风骨

顺着山脉的走向，一片一片绽放

书写花样丹乡的锦绣画卷

钟灵毓秀的垫江

成为山水牡丹的发源地

人杰地灵的垫江

散发千年耕读文化的光芒

流光溢彩的垫江

砥砺前行，在牡丹大道一路飞奔

春风记得牡丹花的香

春风的背影

残留去年冬天的雪花

整个明月山连接朝霞

将牡丹花瓣一片一片铺开

撒在公主岭的头上

披在恺之峰的肩上

春风反复咀嚼

与牡丹花瓣

逐一交换眼神

一遍一遍，嗅着牡丹的体香

忘记了时序的更迭

把热爱藏于心中

牡丹满坡撒欢

穿着彩色的裙衫

仿佛赶赴一场约会

满山的牡丹，一直开到山顶

剪裁出一次春风

演绎一度倾城

四溢的花香

与春风，与白云

浸润着牡丹的芳华

堆砌成一座座火焰山

一山的芳菲

沿着明月山，一路奔跑

放歌龙溪河

龙溪河，我可爱的家乡
粼粼的波光
交响成动人的乐章
明月山的晓风，迎风湖的守望
唱出牡丹人家的梦想

龙溪河，我可爱的家乡
姑娘小伙依恋成爱的芬芳
薄雾下的小船
金华山的光芒
铺开满山牡丹花瓣的光亮

龙溪河，我可爱的家乡
我们在牡丹大道奔跑吟唱
龙溪河，我可爱的家乡
带着热情，带着力量
一程一程启航

多想抱着牡丹，带你回家

牡丹从深山中醒来
在朝霞的照耀下，打开芳心
开出粉的、白的、紫的花朵
明媚整个春天，装扮整个山坡

牡丹，我只要一想到你
就会与明媚的春天，一同欢喜
和伸展的枝叶，一起雀跃
体会蓝天与白云的默契
共同感受春天与阳光的深度融合

我知道，牡丹在惊艳背后
承受着人们的各种眼神
可牡丹一次次挺直腰身
把短暂的生命
盛开在无垠的山野里
把这个春天，装扮得多姿多彩

你就是这样，用绽放的状态
倾诉你对春天的眷恋
不负春风，用燃烧的力量
表达对阳光的热爱

我感动于这样炽热的画面
在悄无声息中，长久凝望
期盼和你一起生长
多想抱着牡丹，带你回家

缄默的寨卡

或许分州古城在缄默中
展示失传已久的期待
永平寨、观斗寨、清平寨纷纷交织鹤游坪的梦想
斑驳古迹，铸就村民的爱恨情愁

或许三十六大卡固若金汤
七十二小卡从容豪迈
大卡连小卡的防御体系
没想到成为一道永恒的风景

或许苍茫的天穹有太多的传说
凝重的岁月
无数次敲打古老的寨卡
雕花窗承载着不变的追逐

或许金戈铁马、青灯黄卷已经消逝
碑文、石头、寨卡渐入眼帘
泥土堆积的历史
一直在心头铭记着

记住春天场景的牡丹

雨露擦亮牡丹绿绿的叶片
牡丹不需要重新考量
带着山水的灵气
在温情的春光下，恣意绽放

丹皮默默蛰伏在地下，守护着春天
积攒力量
仿佛要修炼一生一世
通过匍匐前行，向春天靠拢
来寻找新的图腾

这样的时刻
山、石、水、竹散落其间
牡丹在山野四处打望
周围一拨一拨生动的场景
无一例外，让牡丹万分欣喜

不论春风春雨是否允许
牡丹花蕊与花瓣相互商量
保持本真，始终傲立山冈
要把这个春天的场景永远记住

我与明月山站在一起

一挂明月似弯弓

镌刻在西部山岭

连绵的大巴山余脉，接纳了明月山

视线高过山顶

峰峦叠嶂的明月山

隐入一片蓊郁的树林

山与山之间，没有提防的目光

石与石之间，没有拥挤的人潮

山间小鸟，一遍遍描述这里的风景

树叶沙沙，飘散出清新的气息

我深信不疑

明月山是大气且简约的

空旷的山野

释放着远方辽阔的色彩

我与明月山站在一起

推开迷雾和风暴

打开一望无垠的蔚蓝

桂溪河的遥望

桂溪河一直站在这里
不动声色
充满美好的愿景
把自己摆放在县城中央

两岸的桂花情绪充沛
一股暗香，飘散在河流周围
树叶婆娑的声音
让桂溪河更加灵动，充满生机

薄雾缭绕中
桂溪河无声涌动
认准自己的路径
让生命在流动之间闪亮

桂溪河绕城而过
在浪花的浅唱低吟中
蕴蓄生长的力量
蜿蜒的河水，荡漾出幸福的水波

一串串露珠，滋润着两岸的人家
桂溪河畔草色渐绿

与明月山，与牡丹湖一道
成为这座城市的风景

桂溪河离不开乡音
离不开自己的根
心中有着太多的牵挂
桂溪河愿意一直站在这里

锦绣垫江

西魏恭帝三年
伴随龙溪河的涛声
丰盈的明月山、精华山
经年累月，用双手
捧出一个内心深藏的浩瀚春天

依山就势，绵延排列的古寨卡群
让出一片天空
心平气和，站在千月湾的肩头
由远而近以崭新的模样
波澜不惊
叠加在鹤游坪的心间

恺之峰与公主岭，形影相随
用一生的时光
拼命呼喊牡丹的名字
将万千爱恋，融入纷纷扬扬的花瓣之中
以仰望的角度
纷呈出大气与磅礴

吮吸醇香的咂酒
哼着垫江民歌

过往的开阔岁月

收藏一路风雨

留下石磨豆花的美名

垫江，一个浸润着芳华的名字

扑面而来

牡丹湖牵着升腾的晨曦

见证城市的蜕变

紧紧攥住美好的万物

安坐在桂溪河的一隅

猛然回头

裁剪出大美垫江一片又一片光亮

禹王宫、诏书阁古朴的窗棂

盛满静谧的月光

我们积蓄力量

带着竹编与角雕

捎上执着的火焰，饱蘸浓墨

奋力抒写掷地有声的锦绣与辉煌

看见牡丹，就是看见整个春天

牡丹三三两两邀约着
按捺不住春天阳光的照耀
左顾一下明月山
右盼一下恺之峰
顷刻间，红的粉的紫的花苞齐刷刷站立枝头

盛开
是牡丹生活中最重要的仪式
牡丹一脸灿烂
于山水间一朵又一朵铺陈
在一望无际的旷野无限伸展

牡丹遵循内心
不管不顾地如约绽放
以十万倍的速度，拉开春天的序幕
牡丹特别喜欢绽放的声音
牡丹要将怒放的花朵，献给春天

春天倾泻而下的阳光
晕染出牡丹干净芳香的气息
牡丹与牡丹之间
带着春天的爱意
轻轻地摇出春天的歌谣

在一个个梦里，牡丹叫醒春天

满溢灵性的牡丹

一生眷恋着春天

仿佛要把春天怀揣在心口

一切与春天相关的，统统都藏进花蕊里

中嘴寨，一直占领明月山的视线

我从未丈量过寨子的长度
中嘴寨，一直雄踞明月山
占领着明月山的视线

前寨和后寨
把曾经的烽烟挡在寨外
羊肠小道上
犹见长矛与刀剑的光影
寨前崖壁上的会文堂，通向云霄

转眼间
水井、水缸、炉灶隔着时代
不停变换着
观音岩在明月山面前
却始终保持着曾经的模样

明媚阳光下，中嘴寨安静如初
漫涌一股凝重与肃穆
斑驳的石刻
努力摆出历史的沧桑感

一路的尘土

飞扬出逝去的日子

中嘴寨的影子

永远叠放在明月山心间

山水间奔跑的牡丹

这个春天的早晨
有一朵牡丹花，饱蘸晶莹的露珠
仰面朝天，躺在花丛间

明月山下
牡丹在云雾间藏匿忧伤
伴着霞光，过滤不安与疼痛

不要黯然神伤
不听旁人的随意赞颂
把丹皮植根于土壤

春风脉脉含情，呼呼作响
牡丹闲庭信步，陶醉在山水间
铺开满山的花骨朵

从阳光的缝隙中
牡丹一直坚持站立
在山水间，幸福奔跑

龙溪河的灯火

龙溪河的涟漪

揭开神秘的面纱

蜿蜒奔流，一直向长江的方向张望

柔和的晚风

拂过明月山下的牡丹人家

一束阳光，映照下来

沙鸥哼着喜爱的歌曲

白鹭呼应着自然万物

带着花朵与阳光的遐想

河边的小船

逼退渐渐落下来的水雾

闪烁着温暖的灯火

龙溪河慢慢弯下身子

匍匐在水面

仿佛要拥抱纯洁的浪花

一不小心听见

鱼儿和虾儿正互相赞美

龙溪河不想改变姿势

一如既往地日夜流动着

带着热情，带着激动

释放出巨大的能量

在前行的途中，向我招手

满山的牡丹在唱歌

山水牡丹出唱片了
明月山奔走相告
太平湖与百灵山热烈谈论
恺之峰与公主岭喜悦得满脸通红

沿着山脉的走向
是大片大片牡丹
顺着岩石的纹路
还是大片大片牡丹

靠近树林身旁
依偎云岚
仍是大片大片牡丹
牡丹花在山水间，浅浅地笑着

牡丹在明月山高处吊嗓子
发出丝帛锦缎般的声响
牡丹与蓝天一起弹奏，与白云和鸣
发出天籁般的声音

牡丹的花瓣，宛若琴键
一排一排红白相间，参差错落
牡丹的歌声
催生着万物的生长

请到垫江看一看

绵延的古寨卡群

站在千月湾的双肩

住在龙溪河的心田

让爱常驻心间

薅秧歌萦绕在耳畔

醇香的咂酒点燃笑脸

我们带着角雕竹编

捧出一个浩瀚的春天

亲爱的朋友请你来

请到垫江看一看

恺之峰、公主岭呼唤牡丹

亲爱的朋友请你来

请到垫江看一看

牡丹湖、迎风湖美名天下传

石磨豆花美食之乡，是我们的名片

明月山对大地的眷恋

流淌出桂溪河的思念

开山号子你是否听见

美味的酱瓜让人留恋

我们吹响声声唢呐

唱出一个艳阳天

亲爱的朋友请你来

请到垫江看一看

禹王宫、诏书阁传承文脉

亲爱的朋友请你来

请到垫江看一看

明月山、精华山启航扬帆

人杰地灵的牡丹故里，花海喜相伴

流光溢彩的康养垫江，幸福永相伴

我想用石磨豆花概括一生

黄豆黄，黄豆香

黄豆在向下与向上中螺旋式挣扎

满怀信心塑造新的自己

其实黄豆也不知道自己最终的归宿

黄豆在不安现状中，承载自己的欢乐与梦想

推磨，摇磨

一尊石磨碾压出一道道雪白的弧线

黄豆在疼痛中眼含热泪

耗尽余生，面对前世与今生

在千回百转中，寻觅远方的光亮

豆花白，豆花香

豆花在黄豆的挣扎中

演绎出细嫩、绵软、坚韧

磨砺出百味人生

在众多佐料的陪同下

带给人们一场美食盛宴

讲述一个脱胎换骨的新生故事

牡丹之恋

牡丹，牡丹
你用花香唤醒明月山的思念
打开芳心，明媚整个春天
倾诉对春天的眷恋

牡丹，牡丹
你拉开春天的序幕，让爱降临人间
带着芳菲，寻找爱的依恋
把怒放的花朵献给春天

牡丹，牡丹
你在太平湖的山水之间灿烂
你舞动万物生长的韵律
让生命从此不平凡

啊，牡丹
你的芳华浸润明月山的心愿
啊，牡丹
百灵山和恺之峰一生依恋

在垫江，坐等一场唯美的爱情

这里，多么美，多么适合抒情
怒放的牡丹
装点姑娘飘逸的裙裾
里面藏着多少美丽的传说

我们的魂魄
泅渡在明月山的山与水之间
垫江用淳朴的光芒照耀人们
让内心，饱蘸山水牡丹的风韵和灵气

姑娘长成牡丹花的模样
她有龙溪河清澈明净的眼眸
桂花暗香盈袖，环绕姑娘的腰身
停在时光深处，或轻歌或曼舞

小伙子如明月山坚韧挺拔
双手一挥，就打开满山的花朵
一转身，鸟儿从身边掠过
一些明亮的词语，浩浩荡荡溅落山冈

谁能够拦住
姑娘爱恋这儿闪亮的花朵

又有谁可以阻止

小伙子热爱雄浑高远的大山

牡丹的风骨

赢得姑娘小伙滚烫的心跳

只为一种强烈的归属感

一道道阳光，明媚垫江的路径

这一刻的明月山

这一刻，虽然没有阳光
也没有风
可明月山就想独自清静一会儿

这一刻，明月山抛开众多的声响
不问花的事情
也不管树的事情

这一刻，明月山以一种静默的方式
与天空、与河流、与大地
形成一个整体

这一刻，感觉逝去的日子很轻很轻
心里的烦恼很轻很轻
曾经的过程也很轻很轻

这一刻，天空的云朵
终究不能遮挡明月山的眺望
飞鸟的鸣叫，更不能阻止明月山前行的脚步

这一刻，雨水淋透明月山的四肢
经过它辽阔的内心
高过天空，绵延几千里

在乐天花谷的花朵与花朵之间

乐天花谷的花朵

从遥远的风雨中赶过来

一朵一朵盛开

一朵一朵开到你眼里

像阳光一样，热情奔放

等待未知的相遇

此谢彼开的虞美人

顾盼生辉

只为一句誓言

用红的、黄的、粉的外衣

吸引游人

一心期待有情人的青睐

薰衣草把自己放在自己的梦里

喜极而泣

时而像天上的繁星

时而像紫色的风铃

一不小心

就沦陷在一片紫色空间里

金盏菊戴着黄色的安全帽

纷纷转身

逐一巡察花谷的其他花朵

阳光洒在花瓣上

犹如发光的金子

熠熠生辉

一串一串的鲁冰花

以一种姿势

一直向上生长

像妈妈的怀抱，梦里的呢喃

引领孩子

挺起胸膛站立起来

清新脱俗的郁金香

亭亭玉立

活出自己的模样

保持着完整的高雅与从容

一头扎进花谷中

撞击人们的视线

在乐天花谷的花朵与花朵之间

迷恋此刻各色的美

我尝试着采摘其间一朵

可一次次放手

在赞美敬仰之间

我只有坚持，凝然不动

一朵干净的云

因为明月山

我目睹了明月山的全貌

包括明月山的形状、大小、高度

见证了明月山

在春天的起伏与苍茫

在明月山山巅

我找到了春天的方向

感受了明月山最坚硬的地方

明月山承载着垫江人民千万年的渴望

明月山下的牡丹

由着性子绽放

在湛蓝的天空，点燃一个个梦想

打开春天如期而至的光环

搬运岁月的桂溪河

低头在河流两岸

打捞宁静的生活

波光粼粼中，闪烁春天时光的久远

连缀成片的各种花朵，顽强地散发着幽香

纷纷扬扬从容摇曳，贯穿人们的肺腑

与明月山一起
踏上春天跌宕起伏的旅程

我站在连绵的明月山，仰头看天
春风拂动我的长裙
我的眼眸
总是注满太多太多的期待

开在春天心里的牡丹

一夜春风

吹进冷了一个冬天的牡丹心里

冰封的身体禁不住春天的诱惑

牡丹一头扎进春风的怀抱

蓬蓬勃勃，摇曳出满山的花朵

牡丹一低头，看见自己的根一直在这里

枝叶在阳光下那么葱绿，那么鲜亮

充满无限柔情和生机活力

牡丹的芬芳，不浓不淡

香气融进春天的肺腑

牡丹拿出一年的留白时间

滤去万千繁华

描述国色与天香

那丝帛般的光芒，在春天的血液里流淌

直击春天的心房

牡丹花瓣，铺满春天的身体

宛若一只飞鸟，驻足停留

撑起无限春光

牡丹这是要开在明月山

这是要开在春天的心里

赴约春天，抵达下一站

庚子鼠年的春天，铭心刻骨
新冠肺炎从冰雪冬天走来，恣意撕裂
试图阻挡春天前行的脚步

凶猛的病毒封锁武汉，席卷全国
14 亿同胞相互守望
心怀 365 个美丽心愿
在 960 万平方公里的土地上
医务工作者带上请战书上的红手印
义无反顾，逆行驰援武汉
飞往武汉的专机满载爱心，星夜飞翔
支援武汉的列车装满温暖，一路飞驰
14 亿同胞万众一心，心手相牵

3.4 万平方米的火神山医院 10 天建成
3 万平方米的雷神山医院 12 天建成
9000 余万名共产党员怀揣赤诚，主动请缨
奔赴一线，奋力抗击疫情
党旗飘扬，脚步铿锵笃定
奋力践行初心和使命
为 14 亿人民筑起一道安全的防火墙

让全世界瞠目结舌
豪迈展示中国速度和中国力量

没有什么冬天不能够逾越
没有什么春天不能够抵达
春暖花开，我们走出家门
赴约美好的春天
抵达幸福的下一站

这个春节，我们在一起

2020 庚子鼠年春节
我们全部聚在家里
静静听着来自武汉和四面八方的消息
倾心关注各地的疫情

我们在一起
在 960 万平方公里的土地上
祖国一声召唤，人民子弟兵冲锋在前
白衣天使除夕之夜含泪离开温馨的小家
我们驰援武汉
我们携手献出爱心，点燃信心

党委政府视抗疫为命令，以防控为责任
制定应急预案，启动公共卫生一级响应
领导小组挂图作战，每日研判调度
专项组现场在岗，履职尽责
各部门强化应急值守
做到生活保供，有条不紊
部门、街道、社区、村一起发力
街道工作人员、社区网格员、村干部一起行动
戴上口罩，在黄葛树下的院坝
在各小区宣传防疫常识
绝不放过每一个死角

微笑面对路过的人群

测量体温，询问症状

对居住地的人群和车辆

挨户排查，逐一登记

建立台账，集成信息

以最快的速度开展排查

以最实的措施抓好管控

以最严的要求落实责任

我们万众一心，我们众志成城

在这场没有硝烟的战争中，顽强抗击病毒

我们放弃团圆，逆行克艰

我们践行初心和使命

为 14 亿人民筑起一道安全的防火墙

一同奏响胜利的凯歌

二月的春风

二月的春风

在早春里拥抱生长的万物

听见了万物生长拔节的疼痛声

二月的春风走着走着

一不小心，走散在汉水之滨

蜜蜂送去饱含人间真情的芬芳

蝴蝶运去满溢无疆大爱的担当

缕缕春风，拭去泪水

抚平武汉眉间深锁的担忧与伤痛

吹开久积的病疫雾霾

暖透人们的心房

二月的春风

点亮生命的希望

在河流两岸，编织嫩绿的柳枝

在天空里放进一些鸟鸣，衔来平安健康

让吉祥云霓布满蓝天

让炽热的温度，融化病毒的雪花

让病毒如黄鹤一去，远离荆楚之地

病毒阻挡不了万物的复苏

二月的春风

相信阳光定会治愈所有的伤痛

二月的春风

等候春暖花开，眺望着前方

这个十月，献给祖国的诗篇

巍巍华夏，辽阔的 960 万平方公里

中华儿女，五千年上下求索

泱泱大国，四大发明

从刀耕火种到中国制造

华夏文明薪火相传，群星闪耀

南昌的第一声枪响，穿过雪山草地

带领我们走向胜利

天安门振聋发聩的那声呐喊

开辟了中国历史的新纪元

改革开放的那个春天

让神州大地焕然一新

70 年劈波斩浪

70 年风雨兼程

70 年春华秋实

一次次刷新新的高度

从神舟一号到天宫一号

嫦娥四号九天揽月，实现新的跨越

奥运会、世博会，绽放新的姿态

港珠澳大桥，飞架三地

呈现新的跨度

一带一路、欧亚经济联盟

共建共享人类命运共同体，引领新的航程

两弹一星、完整工业体系

5G信息时代凝聚新的境界

四个全面、五位一体

三大攻坚战、八项行动计划

描绘崭新的画卷

三个代表、科学发展

与时俱进的中国特色

全面建设小康社会，实现两个一百年

为了中华民族的伟大复兴

义无反顾，牢记初心和使命

伟大的祖国，带领56个民族

创造人民美好的生活

奔腾的长江黄河

哺育了中华民族

穿越五千年的岁月时空

回望来时路

这个十月，激情澎湃

到中流击水

奋斗，成为我们恒久的姿势

以梦想为马，不负韶华

我们筚路蓝缕，和祖国砥砺奋进

在祖国繁荣昌盛朝气蓬勃的时光里

以无所畏惧的勇气，穿云破雾

我们始于足下，敲响黄钟大吕

整装待发，致远千里

南湖的红船

流火的七月
注定与嘉兴南湖的船有关
注定与鲜红的党旗有关

这只红船，自上海到浙江
托举起一个中国的希望
这只红船，砸碎一个旧世界
如火种点燃一个崭新的世界

南湖就此铸就革命的摇篮
在血雨腥风里，书写出壮丽的诗篇
这段历史
让每一个共产党人时刻铭记

众人合力划桨，红船奋力前行
一次次吹响前进的集结号
南湖的红船
装满共产党人的初心
装满共产党人的使命

七月，面对鲜红的党旗

革命先烈们用鲜血铸就的党旗

绘出了璀璨的新篇章

照亮历史的天空

凝望鲜红的党旗

我们怀揣对党的赤诚，走进七月

我们铭记着

长征路上枪林弹雨中，倒下的是战士

升起的是五星红旗

南昌起义在漫漫长夜

吹响声声号角

革命老区的精神，一代又一代弘扬

井冈山、延安、西柏坡这些革命圣地

引领中国共产党党旗，迎风飘扬

前辈们前赴后继

他们用镰刀和铁锤

砸碎了一个旧世界

先烈们浴血奋战

他们用鲜活的生命

换来了党的生日

嘉兴南湖的小船

开启一个崭新的时代

从银装素裹的北疆
到春意盎然的南国
五星红旗在飘扬
共产党人在党旗指引下
披荆斩棘，扬帆起航

七月，鲜红的七月
鲜红的党旗在七月飘扬
伴随时代的脉搏
我们在心中一同唱响
没有共产党就没有新中国

七月，镰刀和铁锤图案组成的旗帜
辉映九百六十万平方公里的每一寸土地
面对鲜红的党旗，我举起右手
时刻准备着

献给一路奔跑了七十年的祖国

这个十月硕果累累，饱满芬芳

在九百六十万平方公里的大地

高唱一曲共圆中国梦

舞动腾飞的翅膀

为美好的愿景，欢呼喝彩

不忘初心，祖国以强大的力量

山一程水一程，一路奔跑了七十年

抚金秋

在有关家邦的方块文字中

搜寻祖国条目下

注万钧之力

抒写出更上一层楼的雄浑与瑰丽

激荡着老百姓的心灵

穿透每一双黑色的炽热眼帘

晨曦中，缓缓弹奏序曲

翻开浩如烟海的远古典籍

但见三皇五帝夏商周

为了自己的国家

金戈铁马

七雄五霸闹腾春秋

四起烽烟

三过家门不入的大禹，倾心治水

忧郁满怀的三间大夫

在汨罗河畔叩问

豪情汇入长卷

卫青、霍去病力扫匈奴，为了自己的国家

岳飞襟怀磊落

举赤心拳拳

几千年文明的国度

傲拥造纸术、指南针发明的奇巧

自豪展读《三国演义》《红楼梦》浩浩书卷

吟诵"路漫漫其修远兮"

保持奋斗奔跑的姿势

我们奏响激昂澎湃的旋律

勾勒祖国美好的河流山川

七十年前，坚毅挺拔的中国人民

为了祖国的经线和纬线

高擎大旗，以头颅碧血

在天安门城楼

书写磅礴豪迈的篇章

拨开沉沉云翳

让光亮辉耀人间，绘就幸福的开端

逝去的苍茫岁月

像浪花一样远去

我们咀嚼祖宗的铿锵脚步

一同忧虑，一同探求

从蓬勃丰收的喜悦里

感悟荡气回肠的音符

为辽阔的祖国梦绕魂牵

越过地震、洪水、非典这些风暴

挺起铮铮脊梁

迸发永恒光热，燃烧熊熊爱国烈火

用宽阔的胸襟，铸就民族精魂

挽阳光，将脚步与脚步用梦想连缀

谱写奋进铿锵的交响乐

在腾飞的行列里，飞升一个又一个新起点

长江和黄河，带着对生命的膜拜

一泻千里，浩浩荡荡奔涌而来

三峡鬼斧神工

幻化出自然奇观

不停吟诵中华大地的美丽

直挂云帆，扇动梦想的羽翼

演绎璀璨的五千年

七十年云聚云散

七十年峰回路转

七十年的恢宏历史

刷新了一座座城市的高度

用笃定的信念和辽阔的胸襟

聚集强大的信仰，扬帆新的起跑线

装点一片片锦绣河山

一百年建国大业

一百年梦想

中国正以崭新的姿态，吸引世人目光

高扬旗帜，一路飞奔

簇拥浩荡雄风，把世界请进来

让中国走向世界

走出中国美好的明天

开往重庆春天的高速路

迎着太阳的目光
高速路星罗棋布
镌刻在辽阔的巴渝大地
高速路互相交汇，带来万物繁茂
承载着三千万老百姓
深切的期盼

高速路上的守望人，栉风沐雨
朝迎晨雾，暮披星月
一颗心，拴在通向四面八方的路上
用日复一日的坚守
一程又一程驱赶贫瘠，铸就畅通

高速路横贯东西，纵穿南北
那纵横交错的不仅仅是路面
是老百姓追逐梦想的起跑线
高速路提升的不仅仅是速度
是重庆高速发展的进程

三环十二射七连线，谱写高速路新篇章
通往春天的高速路，一直在延伸

一个个隧洞，一座座桥梁
长出翅膀，连接康庄大道
开往重庆春天的高速路
一片开阔灿烂

第六辑

芬芳在春光的翅膀中延伸

春天的词语，从匍匐的大地蹦出

这个春天，仿佛一夜间
催生出五颜六色的花骨朵
群鸟呼朋引伴，聚集在一起
奏响春之声圆舞曲
春天站在春风里倾听，手舞足蹈
这个季节，一下子闹热起来

春雨滴答一声
拉开大地深处的春天序幕
淋湿庄稼的肩膀
染绿一望无际的田园
花开的声音，敲响春天的大门
萌生构思良久的梦想

春色饱蘸春天的大手笔
躺在蓝天白云的水墨画里
农民用二月的剪刀，剪去荒芜
拍打一身的花香和青草味道
包裹在满山坡的绿意里
构成田野灵动的背景

春光看见远方的辽阔
记住垂挂在枝头的永恒之约

毫无保留地敞开心扉

一门心思，让光芒眷顾万物

一会儿任花香弥漫全身

一会儿等蝴蝶飞进怀里

一川烟雨，在山水相约的地方

穿越春天的光阴

坐定花枝的春宵

阳春的心事，在花影颤动里浮现

值得铭记的春天词语

从匍匐的大地蹦出

把雪花折叠进冬天的梦里

闭上双眼

让寒冬的风，一丝一丝跑进房间

听凭雨水此起彼伏，碰撞窗玻璃

我静卧床头

微垂双肩，手持喜爱的书籍

心神沉静，物我两忘

除了寒冷

毕竟吸引我的太多太多

总有某个清晨

在鸟鸣中，寻找熹微的光线

抑或傍晚散步中，栖息疲惫的身体

把盏品茗，相得益彰

在冬夜

收拾一地的雪花碎片

用声声呐喊，汇聚一种力量

惊醒冬眠的动物

划破暗夜的天空，不再沉默无语

把雪花，折叠进冬天的梦里

芬芳在春光的翅膀中延伸

阳光俯下身子

招着小手呼喊

引来满山满坡的花朵

我穿行其间，我小心谨慎

生怕一不注意就碰落了花瓣

花朵一心一意

紧靠大地

带着一脸虔诚和灼热的眼神

挽着春风的手臂

开出各种优雅与精致

淅沥春雨

催开五彩花瓣

漫溢一地的花絮，覆盖山野

悄悄作别春日脚步

藏进无尽春色里

我趁着春光

一路收藏各色花瓣

仿佛欲将心事

随春光带走

芬芳在春光的翅膀中，无限延伸

把春天装进心里

谁知道春光为什么可以飞翔
我明白春光，要用自己的明媚
借天边白云的翅膀
期盼遇见春天

谁知道春风为什么可以唱歌
我明白春风，要用自己的方言
任性得哪怕旁人听不懂
只为吸引春天的注意

谁知道春雨为什么可以沉吟
我明白春雨，要用富足的雨水洗净尘埃
以一颗纯净的心
博得春天的莞尔一笑

谁知道春色为什么可以说话
我明白春色，想在离春天最近的地方
叫着春天的名字
渴望得到春天的青睐

谁知道春夜为什么可以走路
我明白春夜，要借圣洁月光的光辉
照耀春天来去的路程，让春天驻足
把春天装进心里

初冬的夜色

初冬绕过大山
憋着一股劲
在傍晚时分，用淅淅沥沥的小雨
宣告初冬的来临

车辆从行人身旁急速飘过
在路灯下，拉长行人的影子
行人染一身夜色，匆匆回家
窗户外的阳台，挡住城市的喧嚣
执意把温暖留在房间

暮色晃着晃着就隐去了
孩子银铃般的笑声，打破寂静
赶走孤独，褪去浮尘
把夜色藏进梦里

蝴蝶飞入春天的光阴里

蝴蝶独自在春天散步

不时打探春天的讯息

看着翠绿的柳枝，随风摆动

那些盛开的花朵

你望着我，我盯着你

仿佛在欣赏一幅美丽的画卷

啁啾的鸟儿，掀翻宁静的春天

蝴蝶一动不动

趴在花蕊上面

吸吮着独有的芬芳

那美丽的花朵图案

带蝴蝶进入无边的春色里

蝴蝶驻足观看

那铺天盖地的绿

那生机勃勃的田野

那高山与流水的约定

那春风和春雨的交融

蝴蝶的欣喜赞美，油然而生

就这样，蝴蝶端坐于春天

沉浸在春天的磅礴画卷里

从一条河流到另一条河流
顺畅呼吸，攒足力气
一步步
坠入大好春光里

每天的情绪，被春天反复渲染
蝴蝶融进春天
翻动春天的书页
让春风，吹过蝴蝶的翅膀
在春天的门口，进进出出
翩然飞入春天的光阴里

冬日的阳光抽空来看我

在凛冽的冬日
阳光抽空来看我
拽着温暖的光线
悄悄走进我的心里

一抹阳光，带着大自然的伟大力量
吐露温馨的气息
穿透苍茫的群山
不动声色，一寸一寸靠近我
照亮村庄、田野与大地

一切都不需要说出
哪怕是一闪而逝
哪怕是为心愿而来

渐次醒来的春天

草木从原野里次第苏醒

挣脱冬天的束缚，渐次发芽

叫个不停的虫鸟，爬行跳跃

向人们挥手致意

牡丹花站在起伏交错的山野里

从叫醒第一朵花蕾开始

逐渐唤醒明月山

开成自己喜欢的模样

用各色的牡丹花瓣，包围整个春天

不停吹拂发酵的春风

蹦进春天最隐秘之处

款款而来的春雨

藏匿在春天的血脉里

润泽着葳蕤的日子

一切都在醒来

一切都在向春天靠近

一瞬间，春天就飞进人们的眼帘

在心里，闪烁熠熠的光辉

今年秋天，一遍一遍放大惊喜

今年秋天
娓娓讲述一个个惊喜的故事

我站在高高的山顶上
一地的茂盛
引发万千思绪
望着一坡一坡的红树叶、黄树叶、绿树叶
深情体验秋天的辽阔与盛大

一间间房屋彼此依恋，相互守护
大红的喜字高悬大门
两双手十指相扣，心心相印
演绎"桃之夭夭，灼灼其华"的内涵
刚过"知天命"的父母
守着不老的时光
迎来了生活的枝繁叶茂

秋天眼前一亮
在岁月里流动
怀揣满心的欢喜
一浪高过一浪的喜悦
轻轻涌进房屋的栅栏和窗户
一遍一遍，放大交织的惊喜

绿色，分明就是春天的一生

轻轻推开窗户

小鸟在空旷的草地，撒下一粒粒种子

这分明就是我喜欢的声音

田野绽放的小花，仔细端详我

我的眼，突然湿润

这分明就是我喜欢的芳香

仰望蔚蓝的天空

春天给阳光涂满金色

这分明就是我喜欢的颜色

走进茂密的树林

我看到了太多的新绿

这分明就是我喜欢的等候

蝴蝶蜜蜂飞来飞去

有些久远的声音在耳边回响

这分明就是我喜欢的模样

我一次次深呼吸

听着春天与春天拥抱的回声

看着春天一直站在高处
这分明就是我喜欢的状态

绿色，让春天一直闪亮
激情在春天的身体里荡漾
这样的绿色
分明就是春天的一生

深陷在这个夏天的蝉儿

蝉儿顺应着这个夏天
把自己全部交给了悠长的夏季
蝉儿与夏天合为一体
拥抱着夏日温暖的身体
蝉儿喜爱夏天胜过喜爱自己

一边是夏天，一边是自己
蝉儿使劲叫着，一点也没有隐藏
面对扑面的热气、刺目的阳光
蝉儿用不同的声音
撞击这个夏天

就这样，蝉儿深陷在这个夏天
蛰伏在体内很久的声音
在此时，突然暴发出来
开始了分声部的集体大合唱
直到全部渗透在夏日里

蝉鸣声漫过来
一直灌进耳朵里
这音符映衬出树林的幽静
叫醒人们沉睡的心灵
这个夏天，人们记住了蝉儿

妈妈在哪儿，哪儿就是春天

天刚亮，妈妈就舒活着筋骨

然后就是不懈劳作的身影

额头的皱纹一天比一天多

粗糙的双手，长满老茧

脊背微显弯曲

愉快的笑声

始终是妈妈生活的常态

生活的碎片，串起记忆

妈妈疼爱的目光

低声唤着我的乳名

围着火炉，喋喋不休的叮嘱

待到换季，夜阑人静时分

妈妈纤细的手指

深情地织出一片温暖

妈妈在哪儿

哪儿就是春天

妈妈用一直向前的姿势，引领我们

双脚踩出坚实的脚印

经过岁月雕刻过的脸庞

积攒力量，显示恬淡与从容

内心总有扑不灭的火焰

让我们在秋天相爱

秋天的云和月

从高处飘来

我全身抖动了一下

我记住了白云的飘逸、月亮的纯情

秋风就此打开了我的视线

远处的树，染红山冈

一片片红叶

顷刻间映红我的脸庞

像小鹿一样，怦然撞击我的心跳

完美我梦里斑斓明亮的情节

我坐在一片霞光里

太阳的光芒

穿过黑暗

照耀我放光的身体

安静地让秋风吹过我的双肩

秋雨一滴一滴落下来

像花儿的翅膀一样

深情地拥抱我

在柔软的秋水里

覆盖我的视野

生生世世，守住秋天的眼神

就是守住秋天万木葱茏的世界

把爱情放进一片金黄里

让秋天的云和月

奔向高远的天空

让夏天站立起来

天蓝得没有一丝尘埃
夏天抛却羞涩，呈现放晴模式
无一例外地掀起热浪

花朵没有因为炎热而枯萎
河流牵着清风
不言不语，穿越城市的两岸

飞来飞去的小鸟，自得其乐
夏天的味道
铺天盖地倾泻下来

蜻蜓与蝴蝶肩并肩，表演二重唱
云雀、百灵、画眉、白鹭不甘示弱
牵着小手，跳起了好看的女子群舞

树叶间藏着缕缕霞光
树枝间藏着朵朵白云
聒噪的蝉儿，催促着行人的脚步

行人在阳光下，一直行走
保持着固有的前行模式
让夏天站立起来

我从雪花中来

雪花轻盈地飘下

落在我厚厚的衣襟上

染白我的双鬓

在我的眼眸

长出一道白白的弧线

就这样，我被锁在雪地里

索性仰面躺着

对着雪花交谈

真想以雪洗面

希望能够融化眉眼间隐藏的忧伤

雪花美得独具风骨

散发出大地所有的洁白光芒

看着你的洁白，我显得有点迷乱

一瞬间

我变得是那么轻、那么小、那么远

一片、两片……无数片雪花堆积成山

我拥抱着雪花

静静地匍匐在雪地

一翻身

我就变成了一个雪人

顺着夏天鸣叫的蝉儿

从清晨到日暮

蝉儿穷尽一生

在树枝上唱着

俨然一个辛勤的音乐老师在吊嗓子

整个夏天

充满蝉儿的声音

蝉儿顶着烈日

不被世间万物左右

不管不顾地唱着歌

扮演一个惹人注意的角色

拼命拉长夏天的时令

顺着夏天的日子

蝉儿努力鸣叫

从不躲避阳光的炙烤

这就是蝉儿的全部生活意义

蝉儿生命的根须

覆盖整个夏天

我从冬天的身旁经过

我端坐在冬天里
我谈论着冰雪，与寒风拉着家常

冬天的世界是寂静的，从不喧哗
只是夸张地用霜雪打压树枝

在冬天里我不喜欢争论，放下秋天
盼望春天早些来临

偶尔借一点点冬日阳光
晾晒我潮湿与浮躁的心灵

或者躲在冬天背后
我请来来往往的风雨锻炼我的体魄

我把冬天沿途的风景，收藏进心里
满心欢喜，与冬天合影留恋

夏天带走了我的心跳

夏天提前了很久
那么早，那么早让我们相遇
让我们漫步的那条小路
如此静寂宽阔
仿佛很近又很远

一群小鸟，叽叽喳喳快乐飞过
屋外的树叶挥着手臂
呼呼作响
惊动我们安静的小屋
扰乱了爱情路径上潮湿的梦境

没有任何准备
天空搬来一阵雷声
淅沥雨声，敲打着绿色芭蕉叶
打断了我们的交谈
湿润的雨露浮动柔情的光辉

因为夏天那片蓝
我要以夏天的名义温热你
把你散乱的目光
集合在一起
将这朵花献给那片树林

柔软的一颗心

沸腾在含情脉脉的夏夜

夏天的雨是真实的

发烫燃烧的心是真实的

风中的呼吸也是一致的

夏天的阳光给出大片大片的光芒

掀起灼热的聚会

我踮起脚尖

剪一朵夏天的云彩

带走我的心跳

我迷恋冬日的雪花

我不知道

纷纷扬扬的雪花，是怎样在一夜间

纷至沓来，不停降落

直至覆盖整个世界

举目一望

白茫茫的光影

掠过无垠的凛冽山冈

温热一壶老酒

暖透踏雪人的心房

喜欢这样的白雪，迷恋这样的光芒

雪花遮住冬日的荒草枯枝

隐藏冬日的荒芜

在六角形的空间里

雪花与红梅相互依偎，纵情舞蹈

臻然而全的纯净气息

包裹着雪花

铺天盖地的白

映照出雪花生动饱满的身影

雪花一点一点加深冬日的色彩
争先恐后，成为一个个光点
迎风而立
氤氲出一道道纯白的亮光

夏天的抒情

在夏天的大地上
我们随处可见的，就是盛情的阳光
阳光的周围，是金光闪闪的各色图案

茂盛的大树
愿意接纳各种炽热
马路和小径，敞开胸怀温情等待

或许是等待阳光
或许是等待微风
抑或是渴盼雨露的滋润

高远的天空一直在上方
俯视万物
偶尔变幻出无数朵白云

一阵阵热浪，执拗地点燃家乡
一场场甘霖
浇灌心里的浪漫情怀

一次又一次
塑造夏天的模样
燃烧一个个金灿灿的梦想

寻找新生的秋天

携带凉意的秋天，坦诚地呈现

泛白的光阴

一圈圈在树林里转动

绵绵不绝的雨水

此起彼伏紧紧相随

一直驻扎在城市的街心花园

逶迤的秋风，灌满每一个角落

写意的红枫林

勾勒出一幅幅闪亮亮的油画

苍茫的山峰，顺着大山的走向

剪裁一个缤纷的世界

葳蕤草木乘着秋色，飘荡出缕缕清香

无数的云朵互相挤在一起

碰撞出璀璨的光芒

高远的天空

在高处拥抱火焰

秋天在快意的满足后，脱胎换骨

寻找遍地的新生

夏天的雨

丝丝雨滴哗啦啦
在夜晚挣脱黑暗的羁绊
肆无忌惮，落在大地上

这不是华丽的舞蹈
这是淋漓的抒情
这是储存了许久的力量
倾泻而出的表达

我听见雨水在树枝上唱歌
看见雨水在禾苗间游走
愉悦地四下打望
哪儿需要就到哪儿

田里的庄稼全身湿透
咕咚咕咚喝了个饱
干涸的大地
因为雨水的光临，显得格外·精神

夏天的雨
虽然有点迟到
但是它总是给万物，赋予湿润与光亮
雨水去过的地方，瞬间变得清澈

消失在春天的雪花

这个春天，再也容不下雪花了
雪花没有力量去和春天争执

雪花独自追逐自己的梦想
奋力维护着洁白的领域

春风吹遍雪花的每一个角落
人们瞬间忘却那六棱花瓣构成的雅致

雪花就这样，翩翩消失在春天
俨然成为一种过去的体验

曾经的驻足留恋，弥漫在春雨里
留在人们心里的洁白，永远停顿在冬天那一刻

雪花看不见春天
春天也看不见雪花

两棵树的夏天

一棵树不声不响，迎风而立

没有一丝惊慌

享受这个空间的安宁

纷纷扬扬的阳光漏下来的光线

让幸福清浅的时光，缓慢流淌

聚集到树的脸庞

它想与身旁的另一棵树

分享微笑与静谧

另一棵树

将身子放进整个夏天

亲密地抱紧夏天

将自己幻化成整片森林

沦陷在汪洋恣肆的一片绿色中

时而舞蹈，时而歌唱

极尽奔放狂欢的姿态

试图摇醒这个夏天

欢歌不已的蝉儿

站在两颗树的高处

打破了寂静的森林

竭尽全力，向上托起夏天

两棵树眷恋着夏天，又想远离这夏天

在大地的中央

两棵树相互对望

最终让一切归于平静

第七辑

在桂花的暗香里遇见自己

亮出春风十里的油菜花

磅礴的油菜花

一边是家乡的远方

一边是远方的家乡

油菜花迎着明媚的春光

在心里酝酿一场金黄色的风景

油菜花带着粉红的桃花

细数玉兰花洁白的花瓣

顺着初春的目光

油菜花点燃早春的田野

仿佛一艘又一艘黄色画舫

油菜花用黄色的调料

涂抹村庄的颜色

丰富庄稼金黄的梦想

描绘春天真实的容颜

亮出春风十里的金黄

油菜花就这样真实地盛开着

打开春光的视线

像春光一样热烈兴奋，充满激情

用骨子里的金黄

铺展在广袤大地

在开满油菜花的溪边

等候在望断云山的路口

把金黄刻进家乡

写进春天的脸庞

坦坦荡荡放进春天的生命里

春天与桃花构成的风景

盛开的桃花，翻身起坐
挂满枝头，引燃整个桃园
进溅无数朵小火花
开出一朵甜言，绽放一朵蜜语

桃花一挥手，染红整片天空
宛若悬挂着无数个粉红小灯笼
点亮小伙子动情的眼眸
映红姑娘羞涩的脸庞
春风扳着手指
细数那些关于恋爱的细节

小伙子激情洋溢，渴望与春光约会
邮寄给春天一封情书
姑娘柔情蜜意，满心满怀的喜悦
逐字逐句，解读灼灼桃花的诗词

这个春天，心情似一片清浅的时光
在春雨深处，飘出一串音符
化作滴滴清露，洒下相思的歌谣
在春天与桃花构成的风景里
走入生命的心动

守着那份洁白的李花

此时此刻

铺天盖地的白

从四面八方赶过来

李花攒下一片片耀眼的白

闪烁圣洁的光泽

在光与影间，翻飞飘舞

李花在山坡时而听风，时而看云

一声一声叫着春天

从一朵李花到另一朵李花

不需要其他颜色的安慰

李花抛却一世繁华，以素雅之身

毫无保留，托起一片春色

李花执意种下一片白色

搬运一张张深深浅浅的白色地毯

一片一片的白聚集在一起

一寸一寸绵延到山下

覆盖一片又一片山冈

蛰伏到春天的身体里

李花扎根泥土

构思一个又一个春天的故事

用层层叠叠的白

传递纯洁干净的花语

拦截春天，握紧春光

守着属于自己的那份洁白

倾听内心歌唱的莲花

一切的一切就是这么干净
例如莲花，例如莲花的清欢

莲花仰面朝天，安卧夏日池塘
摇曳出岁月的影子，散发悠悠的清香
我对莲花怀有深深的敬意
也曾无数次礼赞莲花

莲花在夏日里传递敞亮与明净
从不迷恋尘世间的繁华
在清香里找到自己的方向
露出干净的笑容，本色出演人生
守着万物的原色

莲花搅动一片月色，永恒站立在夏天
荷叶覆盖夏夜，保持朴素的颜色
莲花从没表达刻在骨头里的高洁
一直在风雨中挺立
倾听内心的歌唱

带上冬日阳光，站成一树梅花

这是多么别致的暗香
纤尘不染的雪花，映衬着淡雅高洁的梅花
盈盈浅笑，站立在冰雪中
沁人心脾的香气，删除内心的浮躁

这是多么独特的色彩
晶莹剔透，带着浓浓的暖意
拨开厚积的冰雪
灵魂从此囚禁在梅花间

这是多么诗意的梦境
守着诗情画意的梅花
睡着时微笑，醒来也微笑
梦想在花瓣上慢慢呈现，婉约而至

这是多么特别的状态
没有繁杂的枝丫，没有绿叶的陪衬
动用万千花瓣和花蕊
只为与雪花相遇，听雪花落地的声音

这是多么美好的梅花
我忘记了雪地凛冽的寒风
一边眺望远山，一边仰望梅花
带上冬日阳光，站成一树梅花

想念远方的梨花

梨花花蕾遭遇风雨
在一片惊讶中，与枝头失之交臂
疼痛如影随形

梨花扇动翅膀，凭借春风
回到温暖的枝头，相互依偎
含情脉脉，沉浸在爱情开始的地方

梨花不紧不慢
找出爱的诗句，萌动勃勃的生机
重新开始，向上生长开花

梨花腾身而起，抱住春天
翻越鸟鸣，用心跳的火焰
一点点伸展，把山冈染白了一遍又一遍

从头至尾，梨花有自己的信念
自始至终如水般干净
把一颗心交给春天

积攒的花蕊，葳蕤出好看的笑容
梨花一呼一吸间，不染纤尘
想念即将抵达的远方

桂花慢慢呈现的暗香

桂花拒绝了华丽

也就远离了大红与大紫

桂花只想静悄悄地绽放

没有一点保留

慢慢呈现

蛰伏在体内的暗香

桂花细小的花瓣聚集起来，相互叠加

也许不那么耀眼

微风吹过，桂花扑簌簌地飞舞

一串串桂花，相互簇拥在一起

谦和无争

散发独特干净的香气

桂花始终坚守着自己的心意

不卑不亢，站在秋风里

神情专注，与大自然浑然一体

一低头，是满地的金黄

一抬头，是高远的天空

回首与驻足间

充盈坦坦荡荡的暗香

白玉兰打开一段芬芳

一朵一朵的白玉兰，那么柔和亲切
与初春，保持一定的距离
不愿意听见外面的喧闹
安心地在云朵下
舒展腰肢

白玉兰站在料峭的春风里
似一幅白色的画屏
头顶缓缓落下一片阳光
横贯白玉兰
花瓣上，沾满金色的光芒

白玉兰一头扑进早春的怀里
眼睛里，丈量着一段段春光
内心流露出一种真实
在浅唱低吟间
打开一段芬芳

岁月深处的薰衣草

望见你的时候
你在一片旷野里等我
在一层一层的紫色光影间
细语呢喃
晕染出一道道炫目的光环
勾勒出诗意的芬芳

不要花枝招展，不要风情摇曳
你愿意这样一串又一串的静静地开
把紫色的身影，变得浪漫优雅
不在意别人的指点
也不在意他人评说
始终保持让人心动的紫色

薰衣草
以透明、干净的紫色外衣
占据人们惊讶的视线
在夏的时光里
用大片大片的紫
绽放出一个紫色水晶世界
藏在岁月的深处

花香运来各种美好的声音

风来自四面八方

无边无际，渗透在我周围

乌云纠结在一起，让天空没有光亮

雨水模糊我的视线，遮挡我前行的道路

这是怎样一种花香

不因雷电而停止

不因雾霾而中断

我不知道

被花香包围是怎样的情景

我开始关心花开与花落

我要挖出身体里丢失的时光

晓风一吹，空气中弥漫各种花香

仿佛一声召唤

我嗅到了淡淡香气

我按捺不住，开启内心的喜悦

我一路收藏花香

期望可以覆盖苍凉与忧愁

在一朵花里呼吸一致的芬芳

花香源源不断，运来鸟鸣

运来各种美好的声音

昙花，昙花

昙花打开黑夜，拨开云层
恬淡地褪去外衣
把自己还原到大自然
在月光下装点夜色
唤醒周围的花草

昙花紧抿嘴唇
将夜色调暗，声音放低
潜入暗夜深处
屏息期待
让时间在此刻凝固

花瓣和花蕊一阵颤动之后，惊鸿一瞥
在寂静的子夜，不留下只言片语
静静地看一眼这世界
没有丝毫留恋，若无其事地消逝
兀自成就刹那芳华

一个黄昏，我和三角梅待在一起

此刻，我闻到黄昏的味道
一抹晚霞映红我的脸庞
我静静地，什么也不想说

阳台边的三角梅，一次次袭击我的视线
瞬间惊讶之后
一下就跌进那一串串三角形构成的画面

三角梅羞涩中，暗含矜持
放低身段，柔柔地伏在栏杆上
没有卑微，没有忧伤

三角梅温柔地和黄昏交谈
淡定地与晚霞握手
脸上荡漾出一片明亮的光晕

三角梅依然在黄昏独自开放
在我视线经过的地方，端坐自己的命运
静静地靠着黄昏，仰望远方

一颗眷恋花朵的心

从巴盐古道到都亭山
从冷水的平坝到山上
涌进大片层层叠叠的阳光
各种花朵在高处，安静地绽放

从此，冷水镇就不再冷了
土家族的姑娘也不孤独了
她们用一首首山歌
唱红天竺牡丹
唱醉玫瑰花
唱开醉蝶花
唱亮金光菊

我一下跌进，大片大片开阔的花海
一串串露珠，睁大滴溜溜的双眼
看一朵朵花，在风中婀娜摇曳

走过的路径五彩斑斓
我依次见识各种花朵，纷呈的丰富形态
花香在途中，一次次袭击我
染我一身芳香
熏醉柔软明净的心房

静静地靠着花朵

一伸手，蓝天就抓在手里

一弯腰，白云就拥进怀里

一颗眷恋花朵的心

立刻融入云中花都

仰望高处，向往蔚蓝

应声绽放的荷花

初见时候
你是一个静静等待的花骨朵
羞涩地低头
锁住一片芳心

阳光的身影照射进来
我用荷的清凉靠近
你应声绽放，不分昼夜
从粉红到纯白，从纯白到粉红
开满了池塘
一直向我团团聚拢
丰满我的视线

绿绿的荷叶旁逸斜出，遮住淤泥
高高的莲蓬亭亭独立
昂首撑起夏日的天空
整个夏天
荷花一朵一朵开在我心里

在桂花的暗香里遇见自己

一簇簇桂花

深入八月的一个清晨

由近及远，由远而近

拂过一阵阵沁人心脾的香气

秋风中挂满露珠的的小菊花

在山野兀自开放

一瞬间，万物美好如画

一切静好间

在桂花的簇拥下

我来到这个桂月

我紧紧攥住这个骤然而至的圣洁早晨

透过窗户，天空一片光亮

喜悦的声音

引领我屏住呼吸

一个纷纷扰扰的尘世

霎时呈现在眼前

在八月清晨的风口

敲开竹影摇曳的门扉

我与桂花相拥，一起出生

一起等待万物的初生之美

带着桂花的味道
带着生活的火焰

桂花映照的晨曦
豁然进入我的视野
风霜、雨露、云朵和彩虹排列在一起
干干净净的思维领域，波澜不惊
流淌出舒缓优雅的旋律
一个崭新的世界
在阳光下闪耀

那丝丝蓝色的光亮
追赶着秋天的消息
我沉下心
憧憬着风轻与云淡
向往着至真至善至美的辽阔远方
在仰望桂花的暗香里
遇见芬芳美好的自己

后　记

每个人的心里都有一朵干净的云。

云朵是属于天空的，云朵站在云端高处，一直坚守内心的干净。

远的山，近的花，固然赏心悦目，但是高远干净的云朵活色生香，保持纯净的质地与本色，赋予万物以宁静。

抬头仰望天空，我惊讶于云朵的干净与飘逸，那各种形态的灵动图案缀满整个天空，让人目不暇接，真想伸手摘下来捧在手心。在云朵的轻舒漫卷里，一幅幅流动的水墨画呈现在眼前，宛若在人间仙境中行走，恍惚间有一种置身云端的感觉，让你分不清哪是云朵，哪是自己。我想就这样幻化成一朵云，徜徉在云海，以一种优雅轻盈的姿势翩飞，与云朵融为一体，浑然忘我，放飞自我的心性，心里有一种难以言说的神秘气息和思绪漫溢出来，一颗心便与云朵一起飞扬。

阳光触动心底，荡漾起柔柔的涟漪，升腾起耀眼的光芒，照亮奔涌的群山。云朵柔和地映染双眼，芳菲着疲惫的身心，让你穿越尘世的喧嚣后，褪去浮华，忘却那些日渐丰腴的欲望，让心的叶瓣如云朵一样空灵鲜活干净。

诗歌缘情而作，诗歌缘情而美。

让我们保持一种精神向度，深怀一颗干净的心，到云朵聚集的地方，那里有湛蓝高远的天空，那里有干净新鲜的空气，那里有心灵栖居的地方。

只要心中有云朵，便永远是干净的。

左利理